Juste sous le gui

Une histoire de Noël pleine de surprises entre faux rendez-vous et vrais sentiments

Sley Samedy

JUSTE SOUS LE GUI

First edition. May 18, 2024.

Copyright © 2024 Kyana Samedy.

ISBN: 979-8223162933

Written by Kyana Samedy.

Also by Kyana Samedy

Mauvais intentions
Juste sous le gui
Ténébres capturées

J'ai toujours été un joueur.

Un joueur de football, bien sûr. Dans le jeu des rencontres, cependant, je n'ai d'yeux que pour une seule fille.

Sydney Porter, MVP du publiciste de l'équipe, bombasse polyvalente... et mon ex-petite amie.

Mais Noël arrive tôt pour moi et je suis réintégré dans mon équipe locale à la mi-saison. Bien sûr, je cours directement à Sydney – et c'est un gros problème. Vous voyez, je n'ai jamais dit à ma famille que nous avions rompu. Maintenant, ma mère veut que l'heureux couple rentre à la maison pour les vacances.

Après avoir sauvé Sydney d'un ennui au travail, elle me le doit. Je lui parle gentiment de suivre mon faux projet de rendez-vous, mais je n'ai que jusqu'à Noël. Puis-je la convaincre que nous sommes ensemble ou la magie entre nous disparaîtra-t-elle à jamais une fois le gui tombé ?

Chapitre 1

Sydney

Une voix grave et familière de baryton résonnait dans le couloir et je me figeai au milieu de la présentation. Je reconnaîtrais cette voix n'importe où.

Nick, putain de Milton. Ancien porteur de ballon sexy comme l'enfer pour la Nouvelle-Angleterre et mon ex-petit-ami.

Que diable faisait-il ici ?

Bien sûr, il avait été formidable et nous nous étions bien entendus dès le début, à l'époque où je travaillais encore dans mon ancienne société de relations publiques. Et alors? Ce conte de fées s'est mal terminé lorsque Nick a été échangé en Arizona, me laissant sur la côte est. Entre les exigences de sa carrière et la mienne, il était presque impossible de coordonner nos horaires pour un coup rapide, encore moins une vraie relation.

J'ai donc fait ce qu'il fallait pour me protéger. Je l'ai plaqué. Puis j'ai pleuré seul sur mon canapé dans mon appartement pendant deux jours entiers, mais personne n'avait besoin de le savoir.

« Sydney ? Savez-vous à quoi ressemble la chronologie à ce sujet ? » » a demandé M. Solomon, le directeur marketing de l'équipe de football et mon patron.

Bah. Nick me faisait perdre mon jeu et il n'était même pas encore dans la pièce. J'ai dû quitter Dodge dès que possible avant de m'attirer des ennuis. J'avais autant besoin d'une altercation avec Nick qu'un fusible grillé sur mes lumières de Noël.

Non. Pas aujourd'hui.

Ressaisis-toi, Syd. «Euh, euh, ouais. Je veux dire oui." J'ai feuilleté ma pile de papiers, à la recherche de la chronologie. "Les dates sont du 6 au 10 janvier." J'ai levé les yeux au moment où Nick entrait dans la pièce. Mon estomac s'est plongé alors que j'admirais tous les 6'3" de sa beauté.

« Sydney ! Vous vous souvenez de Nick Milton, n'est-ce pas ? La voix de M. Solomon résonna alors qu'un rougissement brûlant inonda mes joues.

Nick a posé ses yeux noisette sur les miens et mon estomac s'est retourné si fort que j'ai cru que je pourrais perdre mon déjeuner.

Mon visage était encore plus brûlant alors que je poussais des papillons fous et balbutiais : « Hé. Génial de te revoir."

"Toi aussi." Il m'a souri de son sourire déséquilibré de mille watts et, honnêtement, mes genoux sont devenus un peu faibles.

"Je ne sais pas si tu as déjà vu les changements dans la liste, Sydney, mais Nick est de retour avec nous", a déclaré M. Solomon en donnant une tape dans le dos de Nick.

Nick sourit. "Je suis ravi d'être de retour à Boston, monsieur, pour jouer pour l'équipe locale."

Et nous ne pourrions être plus satisfaits », a déclaré M. Solomon.

"Ouah. C'est super. Bravo." J'ai réussi à faire sortir les mots, malgré mon hyperventilation intérieure. "Eh bien, je dois me présenter si vous voulez ces chiffres plus tard dans la journée, M. Solomon." J'ai pivoté vers la porte, essayant de sortir de là plus vite que Rudolph à la veille de Noël.

« Sydney ! Vous travaillez à la collecte de fonds annuelle à Copley Plaza jeudi, n'est-ce pas ? M. Solomon a tendu la main et m'a touché le coude, arrêtant ma sortie.

J'ai cherché une excuse, mais rien ne m'est immédiatement venu à l'esprit. Maudit Nick Milton. Je me prends déjà la tête.

"Ah, c'est cette semaine?" Intervint Nick en frottant sa mâchoire carrée. "Tirer. J'aurais aimé le savoir. C'est le jour où je suis parti pour la réunion de promotion des chaussures avec toi, Sydney.

"Vraiment?" » a demandé M. Solomon en haussant un sourcil sombre et broussailleux. "Eh bien, je ne veux pas faire obstacle à un accord de parrainage", dit-il en tendant la main par-dessus le bureau pour donner une tape à Nick sur son large dos.

"Cette entreprise de chaussures me courtise depuis un moment et je pourrais vraiment utiliser l'expertise de Sydney pendant les négociations."

« Je suis sûr que tu pourrais. C'est une vraie superstar. C'est pourquoi nous l'avons embauchée auprès de cette entreprise privée. M. Solomon fit un clin d'œil et rit, un rire bas et grondant. « Vous allez nous manquer, les enfants, au Gala, mais je comprends que vous devez récupérer ces dollars de soutien tant que vous le pouvez. » Il tapota l'épaule de Nick, puis se tourna vers moi. « Va les chercher, Sydney. Nous avons besoin que nos garçons récupèrent tout ce qu'ils peuvent.

J'ai hoché la tête, même si mon esprit tournait. Comment ai-je pu ne pas être au courant ? Aux dernières nouvelles, Nick était toujours dans le désert en train de jouer au football. Il était beaucoup plus facile de résister à trois mille kilomètres de distance.

« Parlez plus tard, les enfants. J'ai un rendez-vous en ville où je dois m'envoler. Nick, nous nous retrouverons après les vacances. M. Solomon est sorti de son bureau, la tête baissée, les yeux fixés sur sa cellule.

"Qu'est-ce qui se passe, Nick?" J'ai chuchoté. "Que faites-vous ici?"

"Eh bien, bonjour à toi aussi", dit-il, souriant de son sourire caractéristique qui me donnait envie de le gifler et de l'embrasser en même temps. « Comme Salomon l'a dit, j'ai été échangé. L'entraîneur voulait que je revienne, alors Calvin est parti vers l'Ouest et me voilà. De toute façon, son style fonctionne mieux pour cette équipe. Et je pourrais demander la même chose à propos de ta présence ici. Sauf que je savais déjà que vous aviez quitté votre entreprise et que vous aviez rejoint l'équipe.

"Tu l'as fait?" Je l'ai regardé, la bouche sèche comme du pain grillé.

"Je vous suis sur les réseaux sociaux."

"Hmm," dis-je, à court de mots, en mâchant l'intérieur de ma lèvre.

"C'est ça?" » demanda Nick en se rapprochant de moi. À seulement quelques centimètres l'un de l'autre, j'ai senti le parfum alpin de son eau de Cologne, la menthe dans son haleine, la légère barbe de trois jours parsemant son visage.

Non, ce n'était certainement pas ça, à en juger par les pulsations brûlantes qui me traversaient, mais je n'allais certainement pas l'admettre en me tenant dans le bureau de M. Solomon un mardi après-midi.

"Désolé, vous m'avez pris au dépourvu." J'ai pris une profonde inspiration, j'ai expiré une partie de ma nervosité.

"C'est une bonne chose que nous aurons cette semaine pour y travailler."

J'ai penché la tête. "Quoi?"

"Tu viens d'accepter de m'accompagner cette semaine." Il a fourré une main dans la poche de son jean parfaitement ajusté et je me suis concentré sur le maintien du contact visuel.

"Euh, non, je ne l'ai pas fait."

"Ouais. Vous l'avez certainement fait. Pour sortir du Gala.

« Le Gala ? Je voulais absolument y aller.

Il pencha la tête vers moi, les yeux plissés. "Non. Vous ne l'avez absolument pas fait.

"Bien. Vrai. Bien joué, M. Milton. Je lui souris, m'adoucissant un peu.

"Merci. Je l'ai volé directement dans ton manuel. Tu ferais mieux de terminer ton travail plus tôt aujourd'hui pour pouvoir rentrer chez toi et faire tes valises.

J'ai haussé un sourcil. "Pourquoi? Où allons-nous? Je pensais que tu avais besoin d'aide pour une approbation de chaussure.

« Eh, nous pouvons gérer ça par téléphone. J'ai vraiment besoin que tu rentres à la maison avec moi. Pour les vacances."

"Quoi? Non!" Une bouffée de chaleur me parcourut et le bout de mes oreilles me brûla. "Je ne pourrais pas."

« Un accord est un accord. Je t'ai sauvé du Gala ; maintenant, j'ai besoin que tu viennes à la maison avec moi à Starlight Bay.

Chapitre 2

Nick

Sydney Porter était plus belle que jamais dans sa robe noire emblématique et ses talons assortis. Ses cheveux raides et foncés étaient plus longs que dans mes souvenirs et même si elle me regardait actuellement d'un air renfrogné, ses yeux sombres flamboyants, la seule chose à laquelle je pouvais penser était d'embrasser ces lèvres roses et charnues. Heureusement que j'aurais une semaine pour la convaincre de nous donner une autre chance.

"Tu ne peux pas être sérieux", dit Sydney en secouant la tête alors qu'elle me dépassait dans le couloir lumineux. « Ce n'est pas du tout un accord équitable. Le Gala Copley dure une nuit ; tu me demandes de rentrer avec toi pendant une semaine !

Je l'ai suivie dans le couloir, suivant le rythme et souriant, l'énervant encore plus. "Oui, j'espère que vous pourrez négocier un meilleur accord avec l'entreprise de chaussures."

Elle m'a frappé le biceps et j'ai fait semblant de tressaillir. « Regardez : ces armes valent beaucoup pour cette équipe. »

« Bien, comment pourrais-je oublier ? Je ne peux pas blesser le talent.

"Exactement. Allez, Syd, s'il te plaît ? Je sais que tu restes toujours en ville pour Noël. Cela signifierait beaucoup pour moi si vous faisiez cela. Je lui ai donné mes plus beaux yeux de chiot, en priant pour qu'elle accepte l'accord.

Sydney roula des yeux. "Je n'arrive pas à croire que j'envisage même de faire ça avec toi. Nous travaillons ensemble maintenant ; c'est un énorme non-non en matière de RH.

« Personne n'a besoin de le savoir et en plus, ce sera amusant. Bien mieux que le Gala.

Elle fit une pause, penchant la tête sur le côté avant de répondre. "Bien. Puisque vous venez de me sauver de vingt-quatre heures de travail, je vais y aller. Mais il faut que ce soit sur le DL. J'ai besoin de ce travail.

"Je comprends. Moi aussi. Mais ça va être fantastique. Je lui souris, une rapide explosion de soulagement m'envahissant. « Je viendrai te chercher demain matin vers neuf heures. De cette façon, nous pouvons éviter les heures de pointe. Assurez-vous d'emporter quelque chose à porter pour le service du réveillon de Noël et la fête de quartier à laquelle nous assistons chaque année.

"Pouah. Je te déteste."

"C'est l'esprit de Noël", taquinai-je.

« Une semaine, Nick. C'est ça." Elle a agité son index dans ma direction pour me rappeler.

"Je t'entends. C'est l'affaire.

Elle a tendu la main et nous l'avons serrée.

"A demain matin", dis-je, ravi de l'avoir convaincue de m'accompagner.

Sydney roula des yeux une fois de plus pour un effet dramatique, puis s'éloigna. Mes yeux suivirent son cul parfait jusqu'à ce qu'elle entre dans l'ascenseur. Je lui ai envoyé un rapide signe de la main alors que les portes se fermaient ; elle a juste secoué la tête.

Noël approchait tôt pour moi cette année et j'avais l'intention de profiter au maximum de notre temps ensemble.

* * *

Sydney vivait dans un appartement à Wrentham, à environ dix minutes du bureau. Pratique, puisqu'elle travaillait pratiquement sept jours sur sept pendant la saison. Nos horaires chargés étaient la principale raison pour laquelle nous avions rompu lorsque j'étais en Arizona : nous avions à peine le temps de parler, et encore moins de nous voir. Entre ma formation et ses concerts publicitaires incessants, elle ne pensait pas que cela avait du sens de continuer à sortir ensemble. Je ne suis pas d'accord, mais que pouvez-vous faire ?

Je me suis garé dans son allée, mais je n'ai même pas eu l'occasion d'éteindre la voiture avant qu'elle ne se précipite vers la porte, son rollboard rose vif traînant derrière elle.

"Bonjour, soleil", dis-je alors qu'elle ouvrait la portière passager et jetait son sac à main dans mon SUV, puis tendait la main et posait sa tasse de café de voyage dans le porte-gobelet.

"Matin."

"J'aurais porté ton sac pour toi", dis-je en ouvrant le coffre. J'ai soulevé sa valise rose vif à l'arrière.

"Je sais. Mais je ne voulais pas nous mettre en retard. Elle est montée et j'ai fermé la porte derrière elle.

"Nous allons bien. À partir d'ici, nous allons manquer la majeure partie du trafic de Boston. Tu es excité ? Ai-je demandé en lui coupant les yeux et en souriant.

"Oh ouais. Rien que j'aime plus que passer les vacances avec mon ex. Elle a bu une gorgée de son café alors que je tournais sur la route principale et me dirigeais vers la I-95.

"À propos de ça."

"Pseudo." Sa voix était basse.

"Quoi?" J'ai joué avec la station de radio, à la recherche d'une mise à jour sur le trafic avant de m'installer sur la station Top 40.

"Que veux-tu dire à ce sujet?"

« Ce n'est vraiment rien. Ce n'est pas grave.

«Euh-huh. Vous jouez le joueur ici, mon pote. Je suis un professionnel des relations publiques ; c'est mon travail de savoir quand les gens mentent et que tu es plein de merde. Répandre. Maintenant."

J'ai tambouriné sur le volant, les nerfs claquant dans mes tripes, les paumes moites. "C'est juste que ma mère – toute la famille, en fait – pourrait avoir l'impression que nous sommes toujours ensemble."

"Quoi?" La voix de Sydney s'est élevée d'une octave et demie et mes tympans l'ont senti. "Comment? Pourquoi?"

"Elle t'aimait tellement que je n'ai pas eu le cœur de lui dire que nous avions rompu."

"Je ne sais pas si je devrais être flatté ou énervé." Elle s'affala sur son siège, sa main vide jouant avec un bouton de son manteau.

« J'irais avec flatté. Commencez la semaine sur une note positive. Je lui ai souri et elle m'a légèrement jeté dans le bras.

"Hé, qu'est-ce que je t'ai dit à propos de ces biceps ?"

« Drôle, Milton, vraiment drôle. Je ne peux pas croire que tu n'aies jamais dit à ta famille que nous avions rompu. Elle secoua la tête, sa queue de cheval sombre battant contre le siège en cuir.

"Pourquoi? Pour que je puisse écouter la conférence de ma mère sur le fait de s'installer bientôt pour qu'elle puisse enfin avoir des petits-bébés ? Non, merci. J'étais en Arizona, ils étaient ici – pourquoi faire bouger le bateau ? J'ai esquivé le sujet une ou deux fois, mais dans l'ensemble, tout s'est bien passé. Puis, quand j'ai été échangé et que Noël est arrivé, ils pensaient que tu viendrais avec moi.

« Quand vous en aurez fini avec le football, vous devriez entamer les négociations pour la ligue. Vous venez de réaliser l'escroquerie la plus rapide jamais réalisée contre moi.

"Bien, non?" Je lui souris sournoisement.

"Non. Pas bon. Parce que finalement tu vas devoir avouer à ta famille que nous avons rompu. J'ai accepté de rentrer chez toi avec toi, pas de participer à une ruse de rendez-vous élaborée. Il y a une différence, vous savez. Elle se mordit le bord de l'ongle, une habitude nerveuse dont elle essayait de se débarrasser depuis que je la connaissais.

« Allez, Syd. Juste pour les vacances. Une semaine. C'est tout ce que je demande.

"Je n'aime vraiment pas ça, Nick."

"Je sais, je suis désolé. Et j'aurais dû être franc avec toi hier. Mais j'en ai vraiment besoin, Syd. S'il te plaît ? Je ne veux pas détruire les rêves de ma mère à Noël. J'ai jeté un rapide coup d'œil, fermant mes yeux dans les siens.

"Bien. Pour ta maman. Mais tu as une semaine, Nick. Ensuite, tu dois leur dire que nous avons rompu. Parce que nous ne pouvons évidemment pas continuer ainsi.

Mon cœur se serra à ses paroles ; la rupture avait toujours été son idée et n'a jamais fait partie de mon plan. Pour être honnête, Sydney Porter était la meilleure chose qui me soit jamais arrivée en dehors du football et je n'avais pas envie de nous abandonner si facilement.

Mais si c'est le jeu auquel nous jouions, très bien. C'était allumé. J'ai eu une semaine pour convaincre Sydney de tenter notre chance, au diable les réglementations RH. C'était peut-être difficile, mais j'étais partant pour le défi de Noël.

Chapitre 3

Sydney

Mes entrailles bouillonnaient d'anxiété, mais je ne pouvais pas le laisser me voir transpirer. J'avais accepté l'accord, contre mon meilleur jugement. Mais j'aimais sa famille et je passais généralement les vacances seul à regarder des films de Noël Hallmark, donc les choses auraient pu être pires.

« Alors laissez-moi être clair : toute votre famille pense que nous sommes ensemble ? Même ton frère ? Nick et son frère Nate étaient proches ; J'ai été surpris qu'il ne soit pas au courant de la rupture.

Les lèvres de Nick formaient une ligne fine et serrée. Il haussa les épaules, puis regarda par-dessus son épaule pour changer de voie, évitant commodément tout contact visuel.

« Cela n'a jamais été évoqué. Je n'étais en Arizona que pendant environ deux mois. Nate a participé à un match. Mes parents n'ont jamais réussi à y arriver ; Je suis presque sûr que mon père est allergique au désert. Alors oui, personne ne le sait. Pas même Nate.

"Super", dis-je en soupirant. Même si je travaillais dans les relations publiques, raconter des histoires sur ma vie personnelle n'était pas vraiment mon truc.

« Tout ira bien, Syd. Nous allons juste garder ça vraiment cool, ce n'est pas grave.

« Définissez « vraiment cool », Nick. Genre, est-ce que ça se tient la main ? Un câlin ? Embrasser ? Mon estomac se serra tandis que je parcourais les niveaux d'affection. Comment allais-je faire ces choses avec Nick sans m'attacher à nouveau ? Rompre avec lui, c'était nul. Il ne le savait pas, mais j'avais été vidé après notre rupture. Maintenant, j'étais là, rentrant chez moi avec le seul gars avec qui je ne pouvais absolument pas m'impliquer, faisant semblant d'être sa petite amie.

Qu'est ce qui pourrait aller mal?

« Je dirais oui à tout ce qui précède. Sinon, cela n'aura pas l'air légitime. Nate sera certainement méfiant, tout comme ma mère. Donc voilà. Nous devons agir comme si nous étions toujours ensemble. Il croisa mon regard du coin de l'œil et ma respiration se bloqua dans ma gorge.

Ça allait être une longue semaine.

"Bien. Je peux le faire, » dis-je, faisant appel à une réserve magique de force intérieure. « Je suis ennuyé, mais je peux le faire pendant une semaine. Pour ta mère. J'ai souligné la dernière phrase pour qu'il sache que je parlais des affaires.

« Merci, Syd. J'apprécie vraiment cela."

Je secouai la tête, un cocktail tourbillonnant d'anxiété, d'anticipation et d'appréhension me parcourant à parts égales. Nick Milton l'a toujours fait pour moi : charmant, drôle, magnifique. Et ai-je mentionné sexy à souhait ? Mais il était aussi un joueur pour l'équipe pour laquelle je travaillais maintenant, un dur numéro des RH. Sortir avec lui était pratiquement un suicide professionnel et mon travail était littéralement ma vie. Alors, à quoi pensais-je en participant à cette mascarade ?

J'ai croisé mes bras sur ma poitrine, renforçant ma détermination. Peu importe ce qui s'est passé cette semaine à Starlight Bay avec Nick, il fallait que nous en finissions. Pour le bien de ma carrière. J'avais travaillé trop dur et j'étais allé trop loin pour tout gâcher à cause d'une histoire d'amour. Notre « relation » devait expirer à Noël, peu importe à quel point nous nous entendions bien.

****

Starlight Bay était la ville balnéaire par excellence de la Nouvelle-Angleterre, le genre d'endroit représenté sur les cartes postales. Les vacances n'ont fait que rendre la situation encore plus magique, avec des guirlandes à feuilles persistantes et d'énormes nœuds rouges ornant chaque lampadaire, avec un immense sapin de Noël dressé haut sur la place de la ville. Les parents de Nick vivaient dans un quartier tranquille de banlieue, à quelques minutes du centre-ville. Dans des circonstances normales, j'aurais adoré venir ici.

J'ai repoussé ces pensées alors que Nick s'arrêtait devant la maison, une Cape Cod grise et blanche à deux étages avec un porche enveloppant, des colonnes blanches et des lucarnes. Des couronnes surdimensionnées décoraient les doubles portes d'entrée, avec une guirlande assortie drapée sur la rampe de l'escalier. Comme je l'ai dit, image parfaite.

"Tu es prêt?" » a demandé Nick en me jetant un coup d'œil, un petit pli entre son front étant le seul signe d'inquiétude sur son beau visage.

Je pris une profonde inspiration. "Je suppose." Plaçant un sourire, je me tournai vers lui. "Est-ce un bon visage de jeu?"

Il rit, le petit pli disparaissant. "Ouais. C'est un superbe visage de jeu. »

Avant que je m'en rende compte, il s'était penché dans mon espace, déposant un doux baiser sur mes lèvres. Mon corps de traître fondit sous son contact, une vague de désir me traversant. Bon sang, Sydney. Gardez-le ensemble.

Je m'éloignai légèrement, même si chaque fibre de mon être me criait de ne pas le faire. "Nick..."

"J'ai pensé que nous avions besoin d'un échauffement avant de voir ma famille."

Son magnifique visage n'était encore qu'à quelques centimètres du mien, ce qui n'aidait pas du tout la situation cardiaque palpitante. Je croisai son regard, me mordant le coin de la lèvre, essayant de reprendre un semblant de contrôle.

"Eh bien, merci de l'avoir gardé PG", réussis-je à plaisanter, même si d'autres parties de moi n'étaient pas entièrement d'accord avec ce sentiment.

"Ma mère regarde probablement." Il jeta un coup d'œil vers la maison.

"Oh. Droite."

Il a ouvert le coffre et a sauté pour attraper les bagages. Je me suis assis, j'ai pris une profonde inspiration.

Nick a ouvert ma porte. « Vous entrez ? »

J'ai hoché la tête. "Ouais."

Attrapant mon sac à main, j'ai suivi Nick et les valises dans les marches.

La porte d'entrée s'ouvrit à la volée et la mère de Nick se tenait là. "Pseudo! Sidney ! Bienvenue à la maison!" Elle est sortie, embrassant d'abord Nick, puis moi dans une étreinte serrée. "C'est si bon de te voir, ma chérie." Elle lui déposa un baiser sur la joue et me caressa le bras. "Comment as-tu été? Avez-vous faim? Puis-je vous offrir une tasse de thé ? Les questions jaillissaient d'elle alors que je restais là, muet. Nick m'a fait un signe de la main, m'entraînant dans le couloir chaleureux.

Une guirlande assortie avec des lumières scintillantes bordait la rampe et à droite se trouvait le salon, un arbre décoré d'argent et d'or étant le point central de la pièce. Au-delà de l'arbre se trouvait une cheminée en brique, le manteau pendait avec des bas assortis brodés de noms ; ils en avaient même accroché un pour moi. Cette prise de conscience a fait serrer mon cœur plus fort et mon estomac s'est noyé à cause de la fraude. Pourquoi Nick m'a-t-il mis dans cette position ?

« Sydney, c'est merveilleux de te voir ! Tu es plus belle que jamais. Je ne sais pas comment Nick a réussi à attirer une jolie fille comme toi ! Elle m'a rayonné, son élégant carré auburn rebondissant alors qu'elle taquinait son fils.

"C'est un sacré piège", dis-je en souriant à Nick, qui semblait à mille pour cent d'accord avec cette mascarade.

«Eh bien, merci de l'avoir dit. Je vais vous préparer une collation et du thé, les enfants. Vous pouvez monter vos affaires et vous installer. La chambre d'amis est aménagée pour vous. J'ai oublié de te dire que grand-mère reste dans ton ancienne chambre cette semaine, Nick. Vos enfants peuvent avoir l'autre chambre ; C'est bon." Elle nous a fait un clin d'œil et mon anxiété s'est accrue, mon estomac se déchaînait.

"Merci maman. Ce sera génial. Nick attrapa les deux valises et je le suivis, ne voulant pas rester coincé seul dans la cuisine avec sa mère.

"Nick", murmurai-je durement alors que nous montions les escaliers. "Tu ne m'as pas dit que ta grand-mère était là aussi !"

Il jeta un coup d'œil par-dessus son épaule. "Ma grand-mère est là aussi."

"Merci", murmurai-je en montant le dernier escalier et en le suivant jusqu'au bout du couloir. Nous sommes entrés dans la chambre d'amis et je me suis figé sur place.

"Un lit !"

« Qui a deux lits d'appoint, Syd ? C'est bon." Il secoua la tête, faisant rouler les valises vers le placard.

"Dit la personne qui dort par terre."

"Whoa." Il s'arrêta, leva les mains. «Je ne dors pas par terre. Je suis un athlète professionnel. Et j'ai mal au dos.

« Eh bien, je ne dors pas par terre. Je suis l'invité.

"C'est pourquoi nous sommes dans la 'chambre d'amis'", a-t-il déclaré en utilisant des guillemets aériens.

"Ha, putain, ha." J'ai poussé un gros soupir. «Je suppose que nous allons coucher ensemble. Dans un lit. J'ai regardé le lit queen-size accueillant, parfaitement confectionné avec une couette blanche moelleuse, puis j'ai jeté un coup d'œil au parquet en bois dur. "Parce que je ne passe pas une semaine à dormir par terre."

"Et je ne te le demanderais jamais", dit Nick en s'avançant vers moi, ses mains encerclant ma taille.

"Eh bien, n'êtes-vous pas un gentleman accompli ?" Je me suis moqué en le regardant.

"Toujours." Il se pencha et m'embrassa à nouveau, un peu plus longtemps et plus fort cette fois. Je ne m'écartai pas, la chaleur me traversant. Je n'arrivais pas à décider si la chaleur provenait de l'excitation ou de l'aggravation. Tout ce dont j'étais sûr, c'est que cette situation devenait beaucoup plus risquée.

"Pas de photos, Milton," dis-je en m'écartant et en posant mes yeux sur les siens. "Je dois garder mon emploi."

Il acquiesca. "Convenu. Je ne publierai rien sur les réseaux sociaux. Toute la semaine.

"Moi non plus. D'ici Noël, nous sommes hors réseau.

"Ça a l'air bien. Nous sommes juste tous les deux, à la maison avec ma famille à Starlight Bay pour les vacances. Pas de médias, pas de presse. Personne n'a besoin de le savoir.

"Parfait. Après Noël, nous sommes de retour aux affaires.

"C'est l'affaire."

"D'accord. Tant que nous avons les choses claires.

"Fort et clair, Syd." Il s'est éloigné de moi, passant une main dans ses cheveux blonds, et ma poitrine s'est contractée.

WTF ? C'était notre accord, alors pourquoi l'entendre le dire à voix haute m'a-t-il laissé si déprimé ?

Chapitre 4

Nick

« Nick ! Le thé est servi ! La voix de ma mère montait les escaliers. Sydney lissa son pull en cachemire gris déjà parfait et replaça un cheveu égaré derrière son oreille.

"Tu es prêt ?"

Elle acquiesça. "Comme je le serai toujours."

"Bien." J'ai attrapé sa main, entrelaçant mes doigts avec les siens. Sydney fit une pause et me regarda à travers ses cils épais.

« Alors, depuis combien de temps sortons-nous ensemble maintenant, d'après votre chronologie ? »

"Hmmm. Bonne question. Au moins depuis mai. Donc presque huit mois.

" ' ok. Je veux juste que mes faits soient clairs.

« Détends-toi, Syd. Tout ira bien," je me penchai et lui murmurai à l'oreille. Elle sentait doux et floral, comme dans mes souvenirs.

En bas des escaliers, Sydney inspira profondément, puis redressa les épaules.

"Afficher l'heure." Elle a affiché un sourire chaleureux sur son visage, le même qu'elle utilisait lors des réunions, et nous sommes entrés ensemble dans la cuisine.

« Nicolas ! » Ma grand-mère s'est précipitée vers elle, m'écrasant contre elle. « Et tu as amené Sydney avec toi ! Comme c'est merveilleux. Gran Air a embrassé Sydney sur les deux joues puis nous a conduits vers la table ronde de la cuisine dressée pour le thé, avec des assiettes de Noël et des tasses à thé assorties. Mamie tapota l'endroit à côté d'elle. "Viens t'asseoir, raconte-moi tout sur le football."

Grand-mère a toujours su engager une conversation avec moi. J'ai tiré une chaise pour Sydney, puis je me suis installé à côté de Gran et je me suis lancé dans l'histoire de mon retour en Nouvelle-Angleterre.

«Ils m'ont appelé un jeudi et la prochaine chose que j'ai su, c'est que j'étais sur le premier vol vendredi et que je jouais un match dimanche. L'entreprise de déménagement a emballé mon appartement et m'a tout expédié la semaine suivante. Toutes mes affaires étaient installées quand je rentrais de l'entraînement. C'était comme par magie.

« Eh bien, nous sommes si heureux que vous soyez à la maison. Je n'ai jamais pu conserver les fuseaux horaires clairement. Pas d'heure d'été ; si confus." Mamie secoua la tête et but une gorgée de thé.

« Et voilà, les enfants. » Ma mère a posé la bouilloire à thé, ainsi qu'un plateau de fruits tranchés et de biscuits.

"Cela a l'air incroyable, Mme Milton. Puis-je aider avec quoi que ce soit ? » demanda Sydney en se levant.

"Non non. Les enfants, vous avez fait un long trajet en voiture ce matin. Asseyez-vous et détendez-vous. Ma mère s'est assise sur le siège à côté de Sydney et lui a tendu la boîte à thé contenant un assortiment de thés. « Celui des biscuits de Noël est bon. Beaucoup de cannelle et de vanille.

Sydney a récupéré le sachet de thé recommandé et m'a passé la boîte. J'y suis allé avec Earl Grey, puis je l'ai rendu à ma mère. Nous avons commencé à infuser notre thé en ajoutant des morceaux de sucre frais, du miel et du lait.

"Qu'est-ce que tu as prévu aujourd'hui, Nick?" » a demandé ma mère, sa cuillère à café teintant le côté de la tasse à thé alors qu'elle remuait.

« Je pense que je vais emmener Sydney en ville pour déjeuner et lui montrer les magasins. As-tu besoin de quelque chose?"

« Non, tout va bien. Ton père sera à la maison vers six heures et ton frère viendra aussi. Nous prendrons un cocktail, puis dînerons.

"Super. Je ne l'ai pas vu depuis son arrivée en Arizona. Il sort toujours avec le professeur ?

Ma mère secoua la tête. "Non. Et je l'aimais bien aussi. Tu es peut-être mon seul espoir pour mes petits-enfants. Elle m'a regardé, les yeux écarquillés, et Gran a soupiré au-dessus de sa tasse de thé.

Sydney bougea sur son siège, le bout de ses oreilles roses. Je lui ai poussé le pied sous la table et ses yeux se sont agrandis.

"Eh bien, merci pour le thé, maman. Nous devrions y aller pour avoir suffisamment de temps pour faire du shopping. Allez, Syd. Je me levai et attrapai la main de Sydney. Nous avons rassemblé nos assiettes et nos tasses et les avons placées dans le grand évier de la ferme.

«Laisse juste la vaisselle, chérie. J'y reviendrai bientôt.

"D'accord. Merci maman." J'ai serré rapidement les deux femmes dans mes bras et j'ai fait sortir Sydney de la cuisine avant qu'elle ne prenne une teinte rouge encore plus vive.

Sydney s'est éventée dès que nous avons perdu la vue.

"Tu as bien fait," murmurai-je, mes lèvres effleurant son oreille. Elle secoua la tête et gémit, s'appuyant contre la rampe.

"Oh mon Dieu. Je ne sais pas pourquoi j'ai accepté cela, Milton.

"Parce que tu m'aimes secrètement", dis-je en lui lançant mon sourire le plus charmant.

"Ouais. Quelque chose comme ça."

« Allez, laissez-moi vous montrer Starlight Bay pendant les vacances. Cela vous remontera le moral.

"Très bien", dit-elle en montant les escaliers, un pas devant moi. "Je dois prendre mon manteau et mon sac à main."

Je me tenais en bas des escaliers et appréciais la vue, admirant son cul parfaitement rond. J'avais évidemment encore beaucoup d'échauffements à faire.

* * *

La place de la ville n'était pas bondée, c'était le milieu de l'après-midi d'un jour de semaine. Nous nous sommes garés devant la mairie, puis avons marché vers le sapin de Noël géant et tous les commerces.

"Cet arbre est énorme", dit Sydney, penchant la tête en arrière pour tout comprendre. "Je pense qu'il est plus grand que celui de Faneuil Hall."

J'ai ri. "Peut être. Starlight Bay met le paquet pour Noël. Ici, ils ne plaisantent pas avec la joie des fêtes.

Sydney sourit, un sourire sincère qui atteignit ses yeux. "J'aime ça dans cette ville."

"Moi aussi."

Nous avons traversé la rue et nous sommes dirigés vers l'arbre. L'odeur du pin se mêlait à l'air salin et j'inspirai profondément, expirai.

"Hé, Syd, je veux juste te dire merci." Je me suis frotté la nuque, soudain gêné. Je n'ai jamais eu de problèmes avec les filles ; Qu'est-ce qui m'a fait perdre mon jeu à propos de Sydney ?

"Je, euh... je voulais juste dire, euh... ça signifie beaucoup pour moi que tu reviennes à la maison avec moi." J'ai baissé la voix plus bas. "Même si techniquement nous ne sommes pas encore ensemble."

Sydney rougit, puis rompit le contact visuel avec moi, regardant l'arbre droit devant elle. Mon ventre se noua un peu plus, me demandant si j'avais dit la mauvaise chose.

« Tout va bien, Nick. Cela ne me dérangeait pas de venir avec vous ; Je ne peux tout simplement pas risquer de perdre mon emploi. Maintenant que nous travaillons ensemble, ce n'est plus comme avant. De plus, je n'aime pas mentir à tes parents.

Alors ne mentons pas, sois avec moi. Cette pensée a ricoché dans mon cerveau, mais j'ai réussi à contenir mon enthousiasme.

Je me mordis la lèvre et soupirai. "Ouais je sais. Mais ce n'est que pour une semaine. Nous pourrons alors revenir à la façon dont les choses étaient avant. Si c'est ce que tu veux."

Mes mots restèrent dans l'air, lourds entre nous pendant quelques secondes, le seul son étant le fracas lointain des vagues sur la plage et les battements de mon cœur que j'espérais désespérément qu'elle ne puisse pas entendre. Du coin de l'œil, j'ai cherché des indices sur son visage, essayant de lire dans ses pensées, mais son visage était neutre.

"D'accord." Sydney se pencha, jouant avec le collier initial en argent qu'elle portait toujours.

Pas exactement ce que j'espérais entendre.

« Vous savez, mon travail, c'est ma vie. Le simple fait d'être ici avec toi est un risque, mais puisque tu as trouvé une bonne couverture... »

« Je sais, Syd. Je comprends." J'ai mis une main dans ma poche et j'ai avalé difficilement. Cette semaine allait être plus difficile que je ne le pensais. Et si je ne parvenais pas à convaincre Sydney de tenter notre chance à nouveau ?

Je ne voulais même pas entretenir cette pensée pour le moment. Comme l'entraîneur l'a toujours dit, éliminez-le un par un. Et on était encore au premier quart-temps, il restait encore beaucoup de temps à jouer.

"Allez, faisons quelques courses." Je lui ai pris la main et je l'ai conduite dans Main Street.

Chapitre 5

Sydney

Parmi tous les gars du monde entier, pourquoi ai-je dû craquer pour celui avec qui je ne pouvais pas être ? Cette pensée me traversa l'esprit alors que la main forte de Nick serrait la mienne et qu'il me montrait toutes les jolies boutiques décorées pour Noël. J'ai essayé de me concentrer sur ses paroles et de bloquer les battements de mon cœur, mais ce n'était pas vraiment facile. Le Père Noël et ses rennes avaient un travail plus simple la veille de Noël que moi ici en ce moment.

Un moment impossible. Un moment vraiment parfait et merveilleux.

Ma poitrine me faisait mal à cette pensée ; mon cœur allait définitivement être brisé après cette semaine.

Maudit Nick Milton. Pourquoi? Pourquoi ai-je accepté cela ?

"Syd?" Les yeux noisette de Nick me regardèrent. Un rougissement brûlant monta dans mon cou et j'étais heureux qu'il ne soit pas un lecteur d'esprit. Le mieux est de garder mes sentiments pour moi.

"Hmmm?"

"Voulez-vous entrer ici?" Il a fait signe à une jolie boutique de cadeaux sur ma droite.

"Bien sûr. Je dois offrir quelque chose à tes parents.

"Non, tu ne le fais pas."

"Oui je le fais. Mais le préavis était si court que je n'ai pas eu le temps d'obtenir quoi que ce soit. Cela pourrait fonctionner. J'ai poussé les portes, un carillon éolien tintant doucement au-dessus de ma tête. Les odeurs de cannelle, de vanille et de pin m'ont frappé et j'ai pris une profonde inspiration apaisante. Je pourrais tout à fait faire ça.

« Nick Milton ! Tu es à la maison pour les vacances ? Une petite femme de notre âge a regardé Nick et mon estomac s'est serré, un puissant éclair de possessivité m'a traversé.

"Oui, bien sûr. Comment vas-tu, Willow ?

J'ai travaillé dur pour garder une expression neutre, même si mon pouls s'accélérait. Bien sûr qu'il la connaissait, c'était une petite ville. Calme-toi, Sydney.

« J'ai regardé chaque match. Je suis tellement heureux que tu sois de retour pour jouer pour la Nouvelle-Angleterre ! » Willow sauta derrière le comptoir et passa ses bras autour de Nick.

Que diable? Ne pouvait-elle pas voir que nous étions ensemble ? Même si, techniquement, je suppose que ce n'était pas le cas. Détails...

Je me raclai la gorge, lissant mes cheveux sur mon épaule.

"Oh hé, Willow, voici ma petite amie, Sydney."

Mon souffle s'est coupé à cette déclaration, alors même qu'un bonheur effervescent bouillonnait en moi, desserrant un peu mon estomac.

"Ravi de vous rencontrer, Sydney." Willow tendit la main, serra mon bras, et un éclair de culpabilité me poignarda au ventre. En fait, elle était gentille.

"Toi aussi", dis-je, insufflant de la chaleur à ma voix pour compenser mes pensées intérieures. De toute évidence, j'avais été blasé par la ville. «Je dois offrir un cadeau aux parents de Nick. Des recommandations ?

"Laisse-moi penser." Willow se mordit la lèvre, ses yeux scrutant le magasin. "Mme. Milton est fan de plage et bien sûr de football. Je pense que je peux préparer quelque chose pour vous. Allons y." Elle m'a serré les bras, m'éloignant de Nick vers un grand présentoir de bougies.

« Je vais juste regarder par ici. Amusez-vous tous les deux. Nick me fit signe tandis que Willow me traînait dans l'allée.

« Alors, depuis combien de temps êtes-vous ensemble ? Vous vivez à Boston, n'est-ce pas ? J'ai toujours su que Nick y arriverait. Il est tellement génial, mignon, charmant et talentueux. Les grands yeux bleus de Willow s'écarquillèrent alors qu'elle devenait poétique à propos de Nick.

"Euh, un moment," dis-je, volontairement vague. "Vous vous connaissez depuis l'école ?"

Elle acquiesça. "Ouais. Jusqu'à l'école primaire. Son frère, Nate aussi. Sentez ça. Willow m'a mis une bougie de soja turquoise à trois mèches sous mon nez et j'ai reniflé.

"Bon. Propre, plage. Ça marche."

"Parfait. Ensuite, je pense à de jolies serviettes pour le bain des invités. Elle traversa l'allée suivante, passant au peigne fin la sélection de serviettes. "J'aime ça pour Mme Milton." Elle brandit un ensemble de serviettes blanches impeccables brodées d'un M doré fantaisie. "Classique et élégant, tout comme elle."

"Super."

"Que diriez-vous de ces lotions," elle me tendit deux bouteilles - une bleu marine et une blanche - et continua de bouger, "et cette bombe de bain. Les clients ADORENT ça. Elle toucha la boule tourbillonnante bleue et blanche. « Il pétille dans l'eau et est infusé d'huiles essentielles. Tellement bon pour votre peau.

J'ai hoché la tête. "Merveilleux. Avez-vous des thés spéciaux ? J'ai aussi besoin de quelque chose pour sa grand-mère.

"Oui! Je vais vous mettre ça dans un panier pendant que vous parcourez les thés. Deux allées plus loin. Elle fit un signe vers la droite avec sa tête blonde, puis se tourna vers le comptoir avec nos sélections.

Je me dirigeai vers l'allée du thé, me penchant pour bien voir l'assortiment. Ils avaient les trucs standards : menthe, Earl Grey, verveine citronnée, mais aussi des combos plus intéressants comme Sugar Cookie et Spicy Christmas.

"Hey vous." La voix grave de Nick résonnait derrière moi, envoyant un frisson d'excitation dans ma colonne vertébrale. Bon sang. Puis sa main effleura mes fesses alors qu'il réduisait la distance entre nous, pressant son corps tendu contre moi, et mes muscles déloyaux s'affaiblissaient. Double merde.

"Hé," dis-je de ma voix la plus légère, me redressant mais n'osant pas me retourner. "Je choisis juste des thés pour ta grand-mère."

"Elle va aimer ça", murmura-t-il près de mon oreille, sa grande main posée sur ma hanche. Mon souffle se bloqua dans ma gorge tandis que son odeur propre et familière m'envahissait, toutes mes terminaisons nerveuses en feu. C'était une torture absolue.

J'avais sérieusement sous-estimé mes sentiments pour cet homme.

"Tu penses?" J'ai pratiquement chuchoté à la rangée de thés devant moi.

"Elle va adorer." Son souffle ébouriffa mes cheveux et la chair de poule monta sur ma peau.

"Sydney, qu'en penses-tu?" Willow tourna au coin, s'arrêtant net lorsqu'elle vit Nick. "Oh pardon." Elle rougit, un pourpre profond tachant ses joues ivoire. "Je ne voulais pas vous interrompre."

"Tout va bien", dis-je en agitant la main et en m'éloignant de Nick. "Et j'aime ça. Grand merci. Alors voici les thés," je les lui ai poussés. "Peut-être ajouter des cookies ou quelque chose comme ça ?"

"Je peux le faire." Willow prit les thés et quitta la rangée aussi vite qu'elle était venue.

"C'était gênant", dis-je à Nick. Il rit tandis que je croisais les bras sur ma poitrine. "Et si elle révélait ça à quelqu'un ?"

Nick roula des yeux. « À qui, Syd ? Willow est mon amie, elle ne ferait pas ça.

J'ai pris une profonde inspiration, levant un sourcil vers lui.

"Je vais lui demander de le garder sur le DL, d'accord ?"

"Oui. Bien. Merci." J'ai hoché la tête, repoussant ma paranoïa. "Quoi? Pourquoi me regardes-tu comme ça?"

Nick sourit. "J'avais oublié à quel point tu es mignon quand tu es inquiet."

Je lui ai donné un coup de poing au bras. "Merci beaucoup."

J'ai pivoté et me suis dirigé vers le comptoir pour payer.

« Excellents choix, Sydney. Je suis sûr qu'ils adoreront ces cadeaux. Willow finit d'attacher les paniers avec un ruban doré brillant. « Vous allez à la soirée Ugly Sweater demain soir ?

"Nous y serons", dit Nick en hochant la tête.

"Super. Je te verrai là-bas alors.

J'ai remis ma carte de crédit, lançant à Nick un regard sale alors que Willow ne regardait pas.

"Et voilà, Sydney."

"Merci."

"Écoute, Willow, nous gardons les choses vraiment silencieuses en ce moment." Nick fit un geste entre nous deux.

Willow hocha la tête, un air solennel sur le visage. "Je t'ai eu. Mes lèvres sont scellées." Elle traça une ligne imaginaire sur sa bouche et fit un clin d'œil. "À demain."

"À plus."

Nick a ramassé le sac de courses surdimensionné dans une main, passant son autre main autour de ma taille. Alors que nous sortions du magasin, il se pencha : « Comment c'était ?

«Cette partie était bien. Mais c'est quoi cette soirée Ugly Sweater ? Et pourquoi ne m'en as-tu pas parlé ? Un nouvel éclair de panique m'a traversé alors que je passais en revue mentalement ma garde-robe, restant vide. "Je n'ai rien apporté avec moi."

"Pas de problème. Je suis sûr que ma mère a quelque chose que tu pourrais porter.

Je lui ai coupé les yeux. "Vraiment? Ta mère?"

"Quoi? Vous faites à peu près la même taille.

Je me suis frappé le front pour obtenir le plein effet. "Non, Nick, je ne veux pas emprunter un pull à ta mère!"

"Oh, je sais. Je parie que tu pourrais emprunter quelque chose à la petite amie de Jackson.

"Cool. Un parfait inconnu. »

"Mec. Je suis à court d'idées. Nous sommes à Starlight Bay. Il n'y a nulle part où trouver un pull moche ici. Allez, emprunte-en un à Harper.

J'ai soupiré. "Vous ne m'avez pratiquement pas laissé le choix."

"Vous avez vraiment l'esprit d'équipe, j'aime ça chez vous."

"Soyez heureux d'avoir eu des années de pratique en gestion de crise, Milton."

Il sourit, son adorable fossette effaçant un peu mon agacement. « Juste un de vos incroyables attributs. Je vais envoyer un message à Jackson et voir ce que nous pouvons trouver.

J'ai roulé des yeux, mais j'ai accepté le plan. J'adorais sa mère, mais je ne voulais vraiment pas avoir à lui emprunter ses vêtements.

Chapitre 6

Sydney

Nick a contacté son ami Jackson, mais lui et Harper étaient sur un chantier, faisant une démo et filmant pour leur émission de rénovation domiciliaire. Harper a dit qu'elle avait quelque chose qui pourrait fonctionner pour moi, et ils ont promis de le déposer avant demain soir. Je n'étais toujours pas soulagé à cent pour cent, mais c'était un plan aussi bon qu'un autre.

Nick et moi avons déjeuné et fait du shopping le reste de l'après-midi. Nous étions maintenant de retour à la maison Milton avec juste assez de temps pour nettoyer et nous changer pour le dîner.

"Voulez-vous la première douche?" Ai-je demandé à Nick en ouvrant la fermeture éclair de mes bottes.

« Je te laisse partir en premier, tu mets plus de temps à te préparer. Sauf si vous voulez prendre une douche ensemble. Vous savez, pour économiser l'eau. Il m'a fait un sourire effronté et j'ai secoué la tête.

«Bien essayé, Milton. Mais même si cette chose était réelle," j'ai agité mon doigt entre nous, "je me sentirais bizarre de prendre une douche ensemble chez tes parents."

"Où est ton sens de l'aventure ?" taquina-t-il en s'approchant de moi et en effleurant légèrement ma joue avec son pouce.

Mon visage s'échauffait sous son contact, sa peau calleuse laissant dans son sillage une traînée de nerfs enflammés. Nick ne rendait pas les choses faciles ; ma détermination déjà fragile s'effondrait à chaque seconde.

"Ne pressez pas votre chance." Je me suis éloigné de lui, m'éloignant de la tentation. "Je serai rapide." Je me suis retourné dans la salle de bain, fermant violemment la porte derrière moi.

M'appuyant contre la porte, j'ai pris quelques respirations profondes, souhaitant que mon cœur arrête de battre.

Ressaisis-toi, Sydney. Vous ne pouvez absolument pas tomber à nouveau amoureux de Nick Milton. Non, non. Pas une putain de chance. Vous avez besoin de votre travail. C'est tout ce que tu as. Alors entrez et sortez. C'était le marché.

Je soupirai, me penchant vers la douche et tournant le robinet sur la vapeur, sachant très bien que mon petit discours d'encouragement avec moi-même avait lamentablement échoué.

Il n'y avait aucun moyen de contourner ce problème. J'étais toujours totalement et totalement amoureux de Nick.

Chapitre 7

Nick

Tout ce que je voulais, c'était sauter sous cette douche torride avec Sydney et raviver ce que nous avions eu. Je voulais la boire, la faire mousser avec du savon, faire glisser mes mains de haut en bas de chaque délicieuse courbe. Chaque muscle de mon corps était tendu ; tous les systèmes étaient fonctionnels.

Prenant une profonde inspiration, je passai durement ma main sur mon cou. Pourquoi avais-je pensé que ce serait une bonne idée ? Si je n'arrivais pas à convaincre Sydney de nous reconsidérer, je me ferais pire qu'un collégien avec un putain de béguin. Bon sang!

Détends-toi, Milton. Vous avez encore le temps. Sois cool; elle reviendra.

La porte de la salle de bain s'ouvrit et Sydney en sortit, une serviette blanche enroulée autour d'elle, la vapeur soulignant sa silhouette.

Chaud, bon sang. Qu'est-ce que c'était que de garder ça au frais ?

J'ai enfilé mon jean désormais trop serré, m'efforçant de me concentrer sur son visage, et non sur la peau crémeuse qui sortait du haut de sa serviette.

"La douche est ouverte, Milton." Elle pencha la tête vers la porte ouverte, me poussant à entrer dans la salle de bain.

"Euh, merci," dis-je, la gorge sèche.

"Quoi? Pourquoi me regardes-tu ? Sydney fronça les sourcils, ses yeux sombres se plissant.

"Je ne suis pas." J'ai levé les mains et me suis dirigé vers la douche, la frôlant avant qu'elle ne puisse bien voir mon érection.

"Peu importe, Milton." Elle s'est dirigée vers sa valise, me tournant le dos, et s'est penchée.

J'en ai profité pour jeter un dernier regard furtif avant de me cacher dans la sécurité de la salle de bain, fermant la porte derrière moi.

Condamner. Comment allais-je survivre cette nuit, en dormant ensemble dans le même lit ? Ce n'était peut-être pas ma meilleure idée après tout.

* * *

"Blanc? Rouge? Ou quelque chose de plus fort ? Ai-je demandé à Sydney, examinant les options que ma mère avait disposées sur la grande table basse en acajou du salon. À en juger par le fait qu'elle jouait avec son collier et qu'elle se mordait la lèvre inférieure, j'aurais recommandé le whisky avec glace, mais je savais qu'elle refuserait.

« Le blanc, c'est bien. Merci." Elle se balançait d'un pied sur l'autre, attendant son vin, la douce musique des fêtes ne parvenant pas à la calmer.

« Et voilà, » dis-je en lui tendant le verre. Puis je me suis penché, effleurant son épaule, mes lèvres touchant presque sa joue. "Se détendre. C'est bon." Je me redressai avant que l'odeur de son parfum n'annule tout le refroidissement que j'avais fait sous la douche.

"Frère!" Nate s'est précipité dans la pièce, me frappant violemment dans le dos. Heureusement, je n'avais pas de boisson dans la main pour le moment. "Joyeux noël! Et Sydney, ravi de vous voir. Il entra et l'embrassa sur les deux joues.

Une rougeur rose monta de son cou à son visage alors qu'elle rencontrait son sourire. « Ravi de te voir aussi, Nate. Cela fait longtemps."

« C'est effectivement le cas. Trop longtemps, je dirais. Il lui fit un clin d'œil et je réprimai l'envie de le frapper. Mon frère ferait mieux de rester loin de ma fausse petite amie...

J'ai attrapé deux verres à whisky, j'ai déposé un seul cube de glace dans chacun, puis j'ai versé deux doigts de whisky pour chacun de nous.

"Salut", dis-je en tendant son verre à mon frère. Nous avons trinqué tous les trois, bu une gorgée.

« Comment va la grande ville, vous deux ? Est-ce incroyable de revenir dans le même code postal ? » » nous a demandé Nate, même si ses yeux n'ont jamais quitté le visage de Sydney. Je ne lui ai pas reproché ; Moi aussi, je préfère la regarder plutôt que moi.

Sydney déglutit difficilement, clignant des yeux une, deux fois. «Euh, bien. Les choses sont bonnes. Et oui, c'est génial d'être de nouveau ensemble.

"Je ne pourrais pas être plus heureux", dis-je en enroulant mon bras autour de la taille de Sydney et en l'attirant contre moi. Elle rougit d'un rose plus foncé, mais continua de sourire à Nate.

"C'est fantastique. Je sais à quel point ce type parlait de ton manque quand il était dans le désert. Heureux que ça marche pour vous deux. Nate nous sourit et but une autre gorgée de son verre.

« Vraiment, bébé ? Je t'ai tellement manqué ? Je n'en avais aucune idée », a déclaré Sydney en me regardant d'une voix un peu plus aiguë que d'habitude.

"Bien sûr. Tu le savais," dis-je en croisant les yeux sur elle et en traçant le contour de sa pommette. Elle frissonna sous mon contact et mon ventre se dénoua. Nous avions toujours une alchimie indéniable entre nous, peu importe ce qu'elle disait.

"Hé, maintenant que tu es de retour à la maison, je veux venir jouer un match ou deux, passer la nuit en ville. Peut-être que Sydney pourrait me présenter certaines de ses jolies amies célibataires. Que dis-tu ? Nate interrompit le moment.

"Bien sûr, ce serait génial", dis-je en hochant la tête, n'écoutant qu'à moitié.

"Mm-hmm", répéta Sydney en secouant la tête, mais en me regardant toujours.

"Cool. Donne-moi ton programme de match, Nick, et je verrai quels jours je peux partir.

«Les enfants, dîner!» La voix de ma mère résonnait depuis la cuisine.

Nate se dirigea vers la salle à manger, Sydney et moi le suivant de près, mon bras toujours enroulé autour d'elle. La table était mise pour le dîner, avec la nappe de Noël blanche et dorée, la porcelaine de Noël et une pièce maîtresse à feuilles persistantes complétant le tableau.

"Tout cela a l'air charmant", a déclaré Sydney, rayonnante envers ma mère.

"AWW merci. Nous sommes simplement heureux de vous avoir tous ici pour les vacances. Venez, asseyez-vous. Ma mère nous a montré les sièges de l'autre côté de la table, Sydney et moi assis l'un à côté de l'autre, Nate et ma grand-mère en face de nous, et mes parents flanquant les extrémités. "Ton père est en retard, mais il m'a dit de commencer les salades sans lui."

« Maman, je peux t'offrir un verre ? Grand-mère ? » proposa Nate.

"Bien sûr chérie. Apportez simplement le blanc et le rouge à table. C'est le plus simple.

Sydney et moi avons pris nos places et Gran a immédiatement commencé à parler de football.

« Vous, les garçons, allez participer aux séries éliminatoires, n'est-ce pas ? » » a-t-elle demandé en me regardant par-dessus ses lunettes.

J'ai hoché la tête. « J'y prévois, grand-mère. »

Son visage sérieux se transforma en un large sourire. "Eh bien, tu ferais mieux, parce que je veux voir mon petit-fils jouer au ballon. Je viens en ville pour un match.

"Je vais vous y tenir", dis-je. « Nate l'est aussi. Tu devrais venir avec lui, et ensuite aller en ville. J'ai souri à Nate alors qu'il retournait dans la pièce avec le vin. Il m'a regardé par-dessus la tête blanche de ma grand-mère.

"Blanc, grand-mère?" » demanda Nick en lui montrant la bouteille.

"Si c'est le plus fort que tu as, bien sûr."

Nate remplit son verre, puis celui de ma mère, complétant Sydney pour faire bonne mesure avant de prendre place.

"Ça a l'air génial, maman," dit Nate en plongeant dans sa salade.

"Merci mon amour. Le dîner est un rôti, des pommes de terre nouvelles et du brocoli. Je sais que vous, les garçons, ne mangez probablement pas trop souvent de plats faits maison, alors j'ai fait vos favoris. Elle sourit, puis but une gorgée de vin. « Sydney, que fait ta famille pendant les vacances ? Les verrez-vous ?

Sydney lissa sa serviette sur ses genoux et s'éclaircit la gorge avant de répondre. « Mon père est en Californie avec ma belle-mère. Je le reverrai probablement après la fin de la saison. Je ne suis pas sûr pour ma mère, mais probablement pas. Nous ne passons généralement pas les vacances ensemble. À cause de mon emploi du temps. Sydney tordit son collier et le frotta entre ses doigts.

"Oh. Eh bien, je suis heureux que vous puissiez nous rejoindre.

Sydney sourit et redressa les épaules. "Merci de me recevoir."

"Bien sur mon cher. À tout moment."

"Ho ho ho!" Mon père entra en trombe dans la pièce, souriant, dissipant ainsi la gêne suscitée par l'arrangement familial de Sydney. Il a ébouriffé les cheveux de Nate, m'a fait un signe de la main, puis a embrassé ma mère sur les lèvres.

"Papa! Nous sommes à table, » le taquina Nate avant de mettre une autre bouchée de salade dans sa bouche.

"Donc? Je ne peux pas partager la joie des fêtes avec ma charmante épouse ?

"Dégoutant", dit Nate en fronçant le nez.

« Servez-vous à boire, John. Votre salade est au réfrigérateur ; Je ne voulais pas que ça flétrisse.

"Merci chéri."

Le dîner a duré une bonne heure, la majorité de la conversation tournant autour de la stratégie offensive de mon équipe. Sydney a tenu bon, offrant des observations solides. J'ai adoré le fait qu'elle connaisse le jeu, les joueurs, les tenants et les aboutissants de l'industrie. C'était l'une des milliers de choses que j'aimais chez elle. C'était peut-être le vin, mais je ne m'étais pas senti aussi heureux, aussi détendu depuis longtemps. Quelque chose dans le fait de l'avoir à côté de moi me semblait si bien.

En passant la main sous la table, j'ai trouvé sa main et j'ai entrelacé nos doigts. Elle m'a regardé à travers ses cils sombres, mais n'a pas reculé. J'ai frotté son pouce avec le mien, nos mains entrelacées reposant légèrement sur sa cuisse.

Progrès. Elle me réchauffait définitivement.

"Le dîner était fantastique, maman. Faisons le ménage, dis-je en plaçant déjà mes couverts dans mon assiette.

"Je vais l'avoir, chérie."

"Pas question, maman. Nous avons ça," intervint Nate. " Toi, papa et grand-mère allez monter un film de Noël ou quelque chose du genre. "

Nos parents et grand-mère ont emménagé dans la tanière, nous laissant, Nate, Sydney et moi faire le ménage. Nous avons travaillé ensemble rapidement, rassemblant la vaisselle, les verres et les serviettes. Sydney et moi les avons chargés dans le lave-vaisselle, pendant que Nate rangeait les restes.

« Vous voulez sortir, les gars ? Ou vas-tu passer du temps avec maman et papa ? » demanda Nate en mettant le reste du rôti dans le réfrigérateur.

« Je pense que nous allons rester ici. Jackson est censé passer nous déposer un pull pour Sydney.

"Ah, pour la fameuse soirée Ugly Sweater." Nate haussa les sourcils.

"Cela semble inquiétant", a plaisanté Sydney en s'appuyant contre le comptoir.

« C'est toujours un bon moment. Mais soyez prévenu : allez-y doucement avec le punch et faites attention au gui. M. McGregor adore signaler quand les gens sont en dessous et insister pour que vous vous embrassiez, que vous soyez en couple ou non. C'est extrêmement gênant.

Sydney pinça les lèvres, me regardant directement depuis l'autre côté de la cuisine. "Ouais. C'est gênant.

En essuyant ma main avec un torchon, j'ai détourné mon regard du sien, ma gorge soudainement sèche. Pourquoi Nate devrait-il évoquer le fétichisme du gui de M. McGregor ?

« Très bien, les enfants, je vais y aller. Je n'ai pas vraiment envie de regarder un film de Noël maussade avec les parents. En plus, je dois travailler demain, contrairement à certaines personnes. On se voit à la fête. Et attention au gui. Nate fit un clin d'œil à Sydney avant de se diriger vers la tanière pour dire au revoir à nos parents.

"De la glace mince, Milton", dit Sydney à voix basse en traversant la cuisine pour me rejoindre. "D'abord, le pull, maintenant un truc bizarre avec du gui."

"Tout ira bien", lui ai-je assuré. « Il est inoffensif ; pas d'inquiétudes à avoir. Ce sera amusant et festif, promis.

Chapitre 8

Sydney

Ce qui n'était pas amusant ni festif, c'étaient les arrangements pour dormir. Tout le temps où j'étais assis à côté de Nick sur le canapé, c'était la seule chose à laquelle je pouvais penser. Allongé à côté de lui toute la nuit. Honnêtement, je n'avais pas confiance en moi, mais que pouvais-je faire ? Je ne voulais pas dormir sur le sol froid et dur.

« Nuit, vous deux ! » M. et Mme Milton nous ont fait signe alors que nous montions les escaliers menant à la chambre. Mamie s'est couchée il y a une heure ; ses ronflements résonnaient dans le couloir alors que nous marchions vers notre chambre.

"Bonne première nuit," dit Nick en fermant la porte et en enlevant ses chaussures. Il a ensuite défait sa chemise, défaisant chaque bouton méthodiquement. Ma bouche devint sèche alors que je le regardais, les muscles toniques de sa large poitrine ressortant. Une chaleur involontaire m'envahit alors même que je me maudissais intérieurement.

"Tu vas te changer ou tu comptes dormir avec tes vêtements ?" » demanda Nick en attirant mon attention.

«Je, ah, oui. Je vais changer. J'ai sorti mon pyjama de ma valise et me suis dirigé vers la salle de bain.

"Tellement modeste", dit Nick, sa voix légèrement étouffée par la porte fermée. "Ce n'est pas comme si je ne t'avais jamais vu auparavant."

C'était vrai. Il m'avait très certainement déjà vu.

«C'était différent; c'était avant. C'est maintenant," dis-je, me concentrant sur le pliage soigné de mon pull et le plaçant sur le comptoir. J'ai fait une pause, débattant de la situation du soutien-gorge. Le laisser allumé ? Enlever? Après quelques secondes, j'ai décroché le fermoir d'un seul mouvement rapide. Sortant de mon jean, j'enfilai mon pyjama en satin bleu marine.

J'ai mis du dentifrice sur ma brosse à dents et je l'ai passé sous l'eau. La journée avait été longue ; peut-être que je m'endormirais rapidement. En m'essuyant la bouche, je me dirigeai vers la chambre. Nick était affalé sur le lit, vêtu seulement d'un short de sport, ses abdominaux parfaitement toniques illuminés par la douce lueur de la lampe de chevet.

Bon Dieu, j'avais oublié à quel point il était magnifique. J'ai inhalé une rapide bouffée d'indifférence confiante et j'ai grimpé sous les couvertures, éteignant ma lumière.

"Même pas une bonne nuit?" » taquina-t-il, suivant mon exemple et éteignant également sa lumière.

"Bonne nuit", dis-je dans l'obscurité, lui tournant le dos. Tout pour m'empêcher de toucher son corps parfait et magnifique, même si j'avais physiquement envie de lui en ce moment.

« Nuit, Syd. » Il s'est rapproché de moi, déposant un doux et doux baiser sur ma joue. Son parfum masculin et épicé me chatouilla le nez et je me tournai légèrement vers son baiser.

Et puis j'ai tout gâché. Je l'ai embrassé en retour. Sur les lèvres.

Bon sang. Nick Milton embrassait incroyablement bien.

Il n'a même pas hésité, prenant mon visage en coupe avec ses mains fortes et rencontrant mon baiser avec ses lèvres charnues et habiles, appliquant exactement la bonne pression. Il m'a embrassé comme s'il m'attendait depuis des années et comme si nous n'avions pas perdu de temps. Une pure extase envahit mon corps, chaque nerf électrifié.

"Nick", murmurai-je contre sa bouche.

« Chut, je sais. Nous ne le dirons à personne. C'est juste pour cette semaine. Tu m'as manqué, Syd. Il s'est reculé et m'a regardé, son visage étant un mélange d'ombres et de traînées de clair de lune s'échappant des rideaux de gaze.

"Tu m'as manqué aussi. Mais nous ne pouvons pas. Nous travaillons à nouveau ensemble.

Il passa son doigt sur ma joue, son toucher si léger qu'on aurait pu le prendre pour une brise. "Nous ne travaillons pas maintenant."

J'ai souri dans l'obscurité. "C'est vrai. Je ne suis jamais allé travailler en pyjama.

"Exactement. Maintenant, vous comprenez. Il se pencha et m'embrassa à nouveau. Contre mon meilleur jugement, j'ai rendu mon baiser, ouvrant ma bouche à la sienne et le laissant entrer. Les sentiments que j'avais réprimés ces derniers mois ont explosé dans ma poitrine, mon cœur battant fort contre ma cage thoracique.

Ses mains passèrent de mon visage à mon épaule, jusqu'à la peau nue de mon bras. Une ondulation de désir me parcourut, mon corps tout entier rougit, des bouffées d'excitation glaciales montèrent sur mon bras. J'ai frissonné.

"As-tu froid?" » demanda Nick, l'inquiétude perçant la voix. "Je pourrais augmenter la température."

« Bien au contraire », murmurai-je en traçant la ligne forte de sa mâchoire carrée.

"Je ne veux pas faire quelque chose avec lequel tu n'es pas à l'aise, Syd, alors tu prends les devants."

« Je pense que nous avons dépassé ces limites il y a quelque temps. Comme mardi. Mais je ne serais pas venu si je ne le voulais pas. Même si je t'ai donné du fil à retordre à ce sujet.

Il en riant. "Rien de tel que d'envoyer des messages contradictoires à un homme."

«Oh, j'ai été clair. Nous ne pouvons plus nous impliquer. Mais s'il s'agit d'un cadeau de Noël unique, d'un dernier cadeau d'adieu, je suppose que ça va," dis-je en passant ma main sur sa poitrine forte et lisse.

« Si tu es mon cadeau, cela signifie-t-il que je peux te déballer ? » Il a joué avec l'ourlet de ma chemise de pyjama.

"Je suppose que oui." D'un mouvement rapide, je l'ai chevauché, nos hanches alignées. Il a soulevé ma chemise par-dessus ma tête, glissant ses mains sur ma peau, caressant mes seins. Ses doigts caressaient et pinçaient, taquinant mes tétons en pointes acérées. Un léger gémissement s'échappa de mes lèvres alors que toute pensée rationnelle sortait de mon esprit et qu'un désir brûlant coulait dans mes veines.

Je me suis penché en avant pour l'embrasser, mais il avait d'autres idées, léchant et suçant mes seins, puis tirant chaque mamelon dans sa bouche et effleurant la peau chauffée avec sa langue. J'enfouis mon visage dans son cou, le respirant, embrassant sa peau tendre. Glissant ma main sur les plans durs de ses pectoraux, j'ai caressé l'extérieur de son caleçon et j'ai reçu une approbation immédiate.

Nick m'a éloigné de lui et m'a allongé contre les oreillers, ses pupilles écartées, me buvant.

"Tu es si belle. J'avais oublié à quel point c'était magnifique. Il a tracé un doigt sur mon visage, jusqu'au creux de mon cou, où il a déposé un doux baiser. Mon souffle se bloqua dans ma gorge, chaque centimètre carré de ma peau était en feu. Traînant des baisers sur mon corps, il effleura mes épaules, mes bras, mes seins et mon ventre avec ses lèvres. Il a doucement baissé mon short, l'a enlevé complètement, puis a remonté mes jambes, embrassant d'abord mes mollets, puis l'intérieur de mes cuisses.

"Nick", murmurai-je, mes doigts s'emmêlant dans ses cheveux doux tandis que mes muscles se liquéfiaient sous lui.

"Voulez-vous que je m'arrête?" Il releva la tête, les yeux écarquillés et sérieux.

"Définitivement pas."

Souriant, il se baissa et embrassa ma culotte. Ses doigts trouvèrent adroitement mon cœur et se pressèrent contre lui en utilisant juste la bonne pression. Je me tortillais de plaisir pendant qu'il me caressait jusqu'à ce que ma culotte soit mouillée. Se cambrant contre sa main, il enleva finalement la petite bande de tissu de mon corps jusqu'à ce que je sois complètement nue.

"Venez ici." J'ai traîné Nick vers moi, le manœuvrant pour que nos corps s'alignent, s'assemblant comme les pièces d'un puzzle. Il s'est levé au-dessus de moi et j'ai écarté les jambes pour lui ; il se pressa contre moi, sa dureté raide entre mes cuisses. Saisissant ses fesses, je pétris et massai avant de glisser mes doigts dans la ceinture de son slip et de l'enlever complètement. Avec mon index, j'ai fait le tour du bout de sa queue jusqu'à ce que je sente une goutte d'humidité et Nick a inhalé une grande inspiration. Il palpitait dans ma main, chaque muscle de son torse tendu et prêt.

"As-tu des protections ?" Murmurai-je en le regardant.

Il hocha la tête, sautant de moi et courant jusqu'à la salle de bain. Trois secondes plus tard, il était de retour, déchirant un paquet en aluminium.

« Toujours prêt », ai-je plaisanté. "Je ne vais même pas approfondir les implications de cela pour le moment." J'ai attrapé ses mains, le ramenant sur moi.

Nick sourit. "Probablement le meilleur." Puis il posa ses lèvres sur les miennes, nos langues s'emmêlant tandis que nos hanches bougeaient ensemble, trouvant notre rythme. Ses mains parcouraient mon corps, trouvant tous mes points de plaisir. Il m'a caressé jusqu'à ce que je sois lisse et étoilé de désir alors qu'il me poussait avec un, puis deux doigts.

"Mmm, je te veux. Maintenant." Je le caressai plus fort alors qu'il agrippait ma taille, poussant contre moi, ses yeux ne quittant jamais mon visage.

"Mon Dieu, tu m'as manqué," dit-il en poussant. Je répondis en serrant mes muscles autour de lui et en rencontrant ses ondulations, pressant fortement mes lèvres contre les siennes. Nous avons bougé ensemble, nos corps se fondant en un seul, notre respiration haletante par le besoin.

"Viens pour moi, bébé," murmura Nick dans mes cheveux alors qu'il s'écrasait contre moi. J'ai répondu en enroulant mes jambes autour de lui, le tirant plus profondément en moi, le prenant aussi loin que possible.

"Ohhhh," sifflai-je, ne voulant pas que quiconque l'entende. "Myyyyy... aah," soupirai-je, mon corps se soulevant et tombant par-dessus le bord.

Nick a suivi mon exemple, me pompant une, deux fois, puis explosant avec un frisson. "Tu es tellement incroyable, Syd." Il passa ses doigts dans mes cheveux, m'embrassant doucement sur les lèvres. "Le meilleur cadeau de tous les temps."

"Mmmm", dis-je en fermant les yeux, trop épuisé pour former une phrase cohérente. "Joyeux noël."

Je me suis retourné et il m'a tiré contre sa large poitrine, m'entourant de ses bras. Je me suis blotti dans les draps frais et je me suis endormi.

Je ferais face aux répercussions de cela demain matin.

Chapitre 9

Sydney

Un soleil laiteux pénétrait dans la chambre, tachetant la couette blanche. Je me suis retourné et je me suis retrouvé face à face avec Nick.

Des merdes.

La nuit dernière m'est revenue en rugissant dans toute sa splendeur classée X.

#Regrets.

Comment diable étais-je censé rester « juste ami » avec lui alors que nous venions de coucher ensemble ?

Bon sang, Sydney. Cela n'était pas censé arriver. Voilà pour toute ma détermination et mon discours intérieur dur. J'étais 100% nue au lit avec mon ex plus chaud que l'enfer et, si j'étais honnête, il avait été meilleur que jamais la nuit dernière.

Comme je l'ai dit, des conneries.

J'ai doucement soulevé son bras lourd de ma poitrine et cela l'a fait remuer. Ses yeux noisette s'ouvrirent, de minuscules taches de cannelle entourant ses pupilles sombres.

"Bonjour ma belle." Sa voix était basse et bourrue de sommeil et bon sang si ce n'était pas la putain de chose la plus sexy que j'avais entendue depuis des mois.

"Matin." J'ai cligné des yeux, préparant mentalement mon discours. "Nick, je..."

Il posa un doigt sur mes lèvres. « Chut. Pas besoin d'expliquer. Je veux dire, je comprends tout à fait. Moi non plus, je ne pourrais pas me résister.

J'ai roulé des yeux, le frappant de manière ludique sur sa large poitrine. "Sois sérieux. Cela ne faisait pas partie du plan.

"C'est toi qui le dis," dit Nick en caressant la peau de mon bras, des bosses glacées ondulant le long de mon corps. Il m'a attiré plus près, son cœur battant légèrement contre mes seins nus.

Et il était définitivement prêt à repartir à l'action.

J'ai baissé les yeux et secoué la tête. "Pas question," sifflai-je. « Vos parents sont probablement réveillés maintenant ; n'arrive pas." Je me suis appuyé contre son corps chaud, m'efforçant d'ignorer le courant électrique qui bourdonnait entre nous.

"C'est ce qui le rend encore plus sexy", murmura-t-il en effleurant mon cou avec ses lèvres.

"Nick..." dis-je de ma voix d'avertissement la plus sévère, alors même que je regardais le motif de rayon de soleil au plafond, essayant d'avoir des pensées peu sexy tandis que le désir s'accumulait au plus bas de mon estomac.

"Bien. Je réessayerai plus tard," dit-il en roulant sur moi, effleurant mon mamelon avec ses doigts, la peau sensible se plissant sous son léger contact.

"Tu ferais mieux de faire attention à toi ou tu auras très certainement du charbon dans ton bas le matin de Noël", lui dis-je à l'arrière, admirant son physique incroyable. Il avait un sacré beau cul, rond et serré.

"Je sais que tu regardes mes fesses," dit-il, le dos toujours tourné vers moi alors qu'il traversait la pièce.

"Non, ce n'est pas le cas", protestai-je, le visage rougissant. Cassé.

«Euh-huh. C'est bon, prends tout ça. Il jeta un coup d'œil par-dessus son épaule et me fit un clin d'œil avant d'entrer dans la salle de bain, fermant la porte à mi-chemin.

"Sérieusement, nous devons parler de la nuit dernière", dis-je en tordant le bord de la couette dans mes mains.

"De quoi parler ?" La voix étouffée de Nick résonna dans la pièce.

"Tout !" Dis-je, exaspéré. Bien sûr, ce n'était pas grave pour lui. C'était ma carrière qui était en jeu, pas la sienne. J'ai expiré, un souffle glacial.

"Non, il n'y en a pas."

J'entendis le robinet s'ouvrir, puis Nick fouillant dans les tiroirs, suivi du bourdonnement de sa brosse à dents.

"Vous y réfléchissez trop", dit-il. « Nous sommes en vacances ; rappelez-vous, nous avons déjà couvert les règles de base. Tout va bien, bébé. Fais-moi confiance."

Il cracha dans l'évier, puis la porte s'ouvrit et il retourna dans la pièce, portant son short de sport d'hier soir.

J'ai soupiré. "Bien. Nous nous en tiendrons au plan. Mais je vous préviens : cela ne peut revenir à aucun membre de l'équipe. J'ai besoin de mon travail.

"Je t'entends. Fort et clair, patron », dit Nick en se penchant et en prenant mon visage entre ses mains fortes. Il déposa un baiser mentholé frais sur mes lèvres, me coupant le souffle alors que je me fondais dans les oreillers moelleux.

Pourquoi me suis-je encore laissé séduire par les charmes irrésistibles de cet homme ? Il était plus enivrant que le lait de poule enrichi lors de la fête de Noël de l'entreprise. Et c'est probablement une tout aussi mauvaise idée.

Chapitre 10

Nick

Bon sang si Sydney Porter n'était pas la femme la plus jolie, la plus sexy et la plus étonnante de la planète.

Dommage que nous travaillions ensemble maintenant. Que pourrais-je faire à ce sujet ? J'ai compris d'où venait Sydney : j'étais charmante et tout, mais elle voulait aussi sa carrière. Elle avait travaillé dur pour arriver là où elle en était et ne voulait pas gâcher cela dans une relation.

Même si ce que nous avions était différent, spécial.

J'allais devoir régler ce problème – et vite – parce que Noël approchait à grands pas et que nous serions de retour au bureau et sur le terrain et que mon temps serait écoulé.

J'ai roulé mes épaules en arrière, comme je l'avais fait avant un grand match, et j'ai pris quelques respirations profondes. Je pourrais résoudre ce problème, j'avais juste besoin d'une minute pour réfléchir.

"Nick, tu es prêt à partir?" ma mère a appelé dans les escaliers. Il était presque l'heure de la soirée annuelle Ugly Sweater chez les Randall en bas de la rue.

"Juste une seconde, maman," dis-je en passant la tête par l'encadrement de la porte, puis en fermant la porte derrière moi. J'ai regardé la porte de la salle de bain, attendant que Sydney sorte. Rien ; plus calme qu'une nuit silencieuse.

« Sydney ? Tu es prêt ? J'ai frappé légèrement à la porte.

"Vous vous moquez de moi", dit-elle, la voix étouffée.

« Le pull ne vous va-t-il pas ? »

"Oh, ça va."

"Alors quel est le problème ?"

Sydney ouvrit la porte et sortit et mon visage se transforma en un large sourire.

"Tu as l'air sexy, de quoi tu parles?" J'ai fait un tour rapide autour d'elle, hochant la tête avec mon approbation. Le pull lui collait aux bons endroits et ses fesses étaient superbes dans son jean moulant foncé.

« Miaou Noël ? Vraiment?" Elle jeta un regard dégoûté au pull vert représentant un énorme chat noir et blanc portant un bonnet de Père Noël.

"Quoi? Je pense que c'est génial. Le mien n'est pas meilleur », dis-je en désignant le chien brun tenant un microphone et chantant « Feliz Navidog ».

Elle secoua la tête, ses cheveux noirs tombant sur son œil gauche. "Vous avez absolument raison. Ce sont tous les deux des désastres.

« L'heure des selfies ! » J'ai pleuré en sortant mon portable.

"Attends quoi? Nous avons dit pas de photos ! cria-t-elle en repoussant le téléphone.

« J'ai dit que je ne publierais pas de photos, je n'ai pas dit que je ne les prendrais pas. Allez, c'est une superbe séance photo ! »

"Très bien", soupira-t-elle, affichant un sourire sur son visage et prenant la pose. "Tu vas vraiment me le devoir après ça, Nick."

J'ai pris plusieurs photos, nos visages si rapprochés que j'ai senti l'odeur de son parfum de rose, l'odeur de son brillant à lèvres vanille. J'ai résisté à l'embrasser directement sur ses lèvres puisque ma mère nous attendait.

"Ce sera amusant, je le jure," dis-je en passant un bras autour de sa taille, appréciant la sensation de ses douces courbes contre moi.

"Il vaudrait mieux que ce soit parce que je ne porte pas quelque chose d'aussi festif pour rien."

"Où est ton esprit de Noël, Syd?" La taquinai-je en lui donnant un coup de coude dans les côtes.

«Le pôle Nord», dit-elle impassible alors que nous descendions les escaliers.

"Vous n'êtes pas superbes tous les deux", a dit ma mère en souriant. « Ton père a déjà conduit Gran. Elle craignait beaucoup de manquer tous les bons canapés. J'ai dit que nous allions venir.

Sydney et moi avons suivi ma mère hors de la maison dans l'air froid de la nuit, notre souffle blanc sur le ciel noir de jais. Ma mère a verrouillé la porte, puis nous sommes allés dans la rue jusqu'à la maison des Randall. Ils habitaient à quatre portes de chez nous, donc nous y serions dans deux minutes, ce qui était génial car il faisait un froid inhabituellement froid.

« La visite des phares va être animée », a déclaré ma mère en serrant son manteau contre son corps pour bloquer le vent. "Je pense que je pourrais l'oublier s'il fait si froid demain soir."

"Moi aussi", intervint Sydney.

"Non, pas une chance. Il faut voir les phares, Syd, ils sont magiques. La meilleure partie de Starlight Bay à Noël.

«Je pensais que l'arbre était la meilleure partie. Ensuite, ce fut la soirée Ugly Sweater. Maintenant, c'est le Lighthouse Tour, » dit Sydney, sa voix taquine, ses yeux sombres scintillant au clair de lune.

"Tout est plutôt génial", dis-je en la rapprochant de moi, en la serrant contre mon corps.

Ma mère nous a regardé avec des yeux étoilés. « Tu vas adorer, Sydney. Tu devrais absolument y aller, ça vaut le coup. Nous voilà."

Les Randall avaient tout mis en œuvre pour la fête ; la maison était éclairée comme un sapin de Noël. Les avions pouvaient probablement le voir depuis le ciel, c'était tellement brillant, toutes les lumières blanches scintillantes, avec d'énormes boules à neige gonflables et des figurines dans la cour.

"Ho ho ho!" » Dit M. Randall en ouvrant la porte en guise de salutation. « Ravi de te voir, Nick ! Toi aussi, Catherine ! Nick, je suis tellement contente que tu sois de retour à la maison pour Noël ! Vous avez décroché une bague de championnat cette année ? Il m'a tapoté dans le dos et nous a fait entrer.

«Je l'espère. Voici ma petite amie, Sydney.

Il serra la main de Sydney, puis prit nos manteaux. « Toute la nourriture est dans la cuisine. Vous connaissez tout le monde ici, faites comme chez vous !

Ma mère a pris une coupe de champagne sur la table, puis est partie chercher mon père et grand-mère, nous laissant seuls dans la cuisine. Une musique de Noël jazzy jouait doucement en arrière-plan et les bougies clignotaient, créant une ambiance agréable et chaleureuse.

"Syd, tu dois essayer cette boisson." J'ai attrapé un pichet en cristal et versé un liquide rose dans un verre bordé de sucre et pré-garni de menthe et de citron vert. « C'est celle dont Nate parlait, la boisson phare de la fête : ils la servent chaque année. Ça s'appelle le Ugly Sweater et c'est génial !

"Nate n'a-t-il pas dit d'y aller doucement avec ça?" » demanda-t-elle en plissant les yeux devant la boisson pétillante.

"C'est bon, il s'est emporté un an, c'est tout." Je me suis également servi un verre, puis nous avons frappé nos tasses l'une contre l'autre. "Acclamations!"

"Mmm, c'est délicieux", dit Sydney en prenant un autre verre.

"Droite? Je te l'ai dis." Nous avons pris quelques entrées, ainsi qu'une recharge de notre punch, puis nous sommes dirigés vers le salon principal, vers le doux grondement de la conversation.

"Nick, quoi de neuf ?" Mon pote Jackson et sa petite amie Harper sont venus nous rejoindre. « Nick, Harper ; Harper, Nick.

"Frère! Content de te voir!" Dis-je en lui tapotant l'épaule. « Enchanté de vous rencontrer, Harper. Merci pour le pull. J'ai hoché la tête en direction de Sydney et elle a rougi. «Voici ma petite amie, Sydney. Syd, Jackson et moi sommes allés à l'école ensemble avant que ce gamin fou n'aille à l'université puis dans la LNH.

"Ah, un autre athlète dans la maison", dit Sydney en lui souriant.

"Retraité", dit Jackson en mettant une main dans la poche de son jean. «Maintenant, je suis dans la construction. Affaire de famille. En fait, Harper et moi travaillons ensemble à rénover des maisons.

"C'est amusant", a déclaré Sydney.

"C'est vrai", intervint Harper en remettant ses cheveux par-dessus son épaule. "Je n'aurais jamais pensé faire ce genre de travail, mais ça se passe très bien."

« J'ai entendu dire que vous aviez un concert à la télévision ? J'ai donné un coup de coude à Jackson ; il était l'une des personnes les moins susceptibles de participer à une émission de télé-réalité, principalement parce qu'il était réservé et même un peu timide.

"Nous faisions!" » dit Harper avec un enthousiasme pétillant. « Filmer est tellement amusant ; Je l'aime!"

Jackson a enroulé son bras autour de Harper et tout s'est mis en place pour moi. La seule raison pour laquelle il était à la télévision était certainement Harper.

"Je savais que tu avais l'air familier!" » dit Sydney en se mordant le coin de la lèvre. « Je pense avoir vu un épisode dans lequel vous avez fait tomber un arbre pourri sur la maison ?

Jackson gémit. "Ouais. C'était un putain de désastre.

"Mais tu l'as sauvé, bébé," dit Harper, rayonnant vers Jackson. Il lui adressa un sourire reconnaissant et je savais que ces deux-là allaient parfaitement bien.

"Sydney, tu as besoin d'une recharge ?" Ai-je demandé en regardant son verre vide.

"Bien sûr," acquiesça-t-elle.

"Nous pouvons l'obtenir", a déclaré Harper, liant les bras à ceux de Sydney. "Vous voulez tous les deux des recharges aussi?"

«Je vais juste prendre une bière», dis-je. Jackson m'a fait écho et les filles se sont dirigées vers la cuisine.

« On dirait que les choses vont bien entre toi et Harper, hein ? J'ai demandé à Jackson. « Ouais, mec. Les choses vont bien.

« Genre, c'est génial ? Vous vous mariez bien ?

Jackson déglutit, mais secoua la tête pour affirmativement. «Je pense que oui, mec. Elle est vraiment parfaite.

«Je suis content pour toi, mec. C'est génial." Je lui ai tapé dans le dos pour le féliciter.

« Et toi et Sydney ? Elle a l'air cool.

Mon estomac se serra, mon pouls s'accéléra. "Elle est géniale." J'ai baissé la voix pour que seul Jackson puisse entendre, me penchant plus près de lui. "Mais elle a commencé à travailler comme publiciste pour l'équipe alors que j'étais en Arizona, donc tout cela est sur le DL. Je dois d'une manière ou d'une autre la convaincre d'enfreindre les règles RH, ou je ne sais pas quoi. Ma voix s'est éteinte, l'anxiété m'envahissant.

« Ugh, c'est dur. Harper et moi avons également dû travailler sur des drames de carrière, mais une fois que nous avons surmonté cela, la navigation s'est déroulée sans problème. Un sourire lent et satisfait s'étala sur le visage de Jackson ; il avait l'air plus heureux qu'un enfant le matin de Noël.

« C'est génial, mec. Je suis vraiment ravie pour toi. Si vous avez de bonnes idées sur la gestion des règles RH de l'équipe, faites-le-moi savoir.

Il passa une main dans ses cheveux noirs. « Je vais y réfléchir. Mais je sais à quel point ces réglementations sont délicates.

"Ouais." J'ai avalé, ma gorge s'est sèche d'un coup.

Heureusement, les filles sont revenues avec les boissons et nous avons passé du temps à discuter de projets de vacances, de football et de hockey. Tous les thèmes communs chez nous. Sydney et Harper se sont vraiment bien entendus, riant des pulls moches de tout le monde et du côté pittoresque de Starlight Bay, à quel point ils aimaient être ici. C'était agréable d'entendre que Sydney passait un bon moment.

Elle rejeta la tête en arrière en riant, les joues rouges de bonheur (et du coup de poing de Ugly Sweater), et mon cœur se serra fort au fond de ma poitrine.

Comment pourrais-je la laisser s'éloigner, sortir à nouveau de ma vie ?

Réponse courte : je ne pouvais pas. Je devais trouver un moyen pour Sydney de conserver son emploi et notre relation.

Sydney était tout ce que je voulais pour Noël.

Chapitre 11

Sydney

La fête des pulls moches s'est avérée bien plus amusante que ce à quoi je m'attendais. Jackson et Harper étaient gentils et drôles et la conversation coulait. J'ai même réussi à surmonter mon accroc au pull, grâce au coup de poing.

La soirée se terminait sans catastrophe lorsque Mme Randall, Mme Milton et quelques autres femmes du quartier nous ont coincés, Harper et moi, dans la cuisine. Les discussions sont passées étonnamment rapidement des projets de vacances aux mariages et aux bébés, avant que nous puissions nous échapper.

"Harper, toi et Jackson sortez ensemble depuis presque un an maintenant, n'est-ce pas ?" » a demandé Mme Randall, les sourcils levés alors qu'elle se penchait pour écouter les ragots.

"Oui, presque", dit Harper en tordant ses cheveux entre ses doigts et en rougissant.

"Eh bien, c'est merveilleux", intervint Mme Milton en lui souriant.

« Êtes-vous déjà allés faire du shopping tous les deux ? » demanda le voisin aux cheveux roux vif en clignant de l'œil.

Harper se balançait d'un pied sur l'autre, le dos appuyé au comptoir dans le coin de la cuisine. Aucune sortie possible.

« Euh, pas encore. Nous y allons doucement. »

"Très sage", dit Mme Milton en serrant le bras de Harper.

"Et vous deux?" La rousse pivota pour me faire face, ses sourcils sévères et dessinés au crayon se fronçant.

"Euh, Nick et moi ne sortons pas ensemble depuis si longtemps," balbutiai-je, le visage enflammé.

"Pish Posh. J'ai rencontré mon Sammy et nous nous sommes mariés en trois mois et avons eu notre premier bébé dans l'année. De nos jours, vous les enfants, vous prenez tout si lentement, comme si vous aviez tout le temps du monde. Laissez-moi vous dire que non. Si vous trouvez quelqu'un avec qui vous cliquez, comme moi et mon Sammy, allez-y ! Vous avez tout le temps du monde pour régler vos problèmes, mais pas autant de temps pour avoir des bébés.

Harper et moi restions là, choqués, ne sachant pas exactement quoi dire.

J'ai avalé difficilement, puis je me suis servi d'une autre portion de punch. « Super punch, j'adore ça. Puis-je avoir la recette ?

"Bien sûr", a déclaré Mme Randall en traversant la cuisine et en ouvrant un tiroir pour un bloc-notes et un stylo. Alors qu'elle gribouillait la recette, Harper m'a adressé un « merci » silencieux. Les autres dames se retournèrent pour aider à nettoyer la cuisine. Harper et moi avons passé quelques minutes de plus, débarrassant les verres et les assiettes vides, puis sommes sortis de la cuisine dès que possible.

"Oh mon Dieu," murmura Harper en me serrant le bras. "Maladroit."

"Au-delà", ai-je accepté, mi-riant, mi-soupir. "Si j'avais un dollar pour chaque fois qu'une personne bien intentionnée me demande quand je me marie, je serais riche."

Harper rit. "Même. Merci d'avoir changé de sujet pour moi. Et j'ai besoin d'une copie de cette recette !

« Où étiez-vous tous les deux ? » a demandé Nick en regardant nos bras liés.

"Être abordée dans la cuisine à cause de notre manque d'alliances", a plaisanté Harper, enroulant son bras autour de Jackson et se blottissant dans son pull en laine marron.

Il se pencha et embrassa le haut de sa tête. "Désolé pour ça, bébé. Les dames ici sont toujours en train de chercher de la terre.

« Et apparemment, j'aime un bon mariage ; encore mieux, un bébé », ai-je plaisanté en ricanant à Nick.

"Quoi? Tu n'aimes pas les bébés," demanda-t-il en me prenant la main et en me tirant plus près.

"Bien sûr que je le fais. Je les adore pour les séances de photos. J'en ai un en ce moment - non, merci. Je suis un peu occupé avec ma carrière. Je ne sais pas comment je pourrais intégrer cela.

"Bisou Bisou!" De l'autre côté de la pièce retentit le tintement bruyant d'une cuillère sur un verre et il y avait M. McGregor, dans toute sa ferveur enthousiaste du gui, nous regardant droit dans les yeux, moi et Nick.

Merde. Je pensais avoir échappé à ça.

Avec aplomb, Nick a obligé M. McGregor, prenant mon visage entre ses mains et déposant un baiser passionné sur mes lèvres. Mon visage était en feu, le seul son que je pouvais entendre était les battements de mon cœur.

Après ce qui m'a semblé des heures, des applaudissements ont éclaté dans la foule et je me suis légèrement éloigné. J'ai murmuré contre les lèvres de Nick: "Je vais te faire du mal."

Il m'a souri. "Promesse?" Puis un clin d'œil.

Ce type. Si mignon, si drôle, si parfait.

Et aussi, tellement interdit.

Qu'est-ce que j'allais faire ? J'avais réussi à embrouiller mes guirlandes avec Nick – et maintenant je ne voulais plus le laisser partir.

FML.

Chapitre 12

Nick

« Alors, tu vas tenir ta promesse de me faire du mal ? » Ai-je demandé à Sydney alors qu'elle sortait de la salle de bain.

Nous étions de retour à la maison dans la chambre d'amis, ma grand-mère et mes parents étaient tous rentrés pour la nuit. J'espérais une répétition de la soirée d'hier, mais je ne voulais pas presser ma chance, vu que j'étais déjà en avance dans le match.

Sydney m'a lancé un regard depuis l'autre bout de la pièce, en roulant les yeux. Mon Dieu, elle était belle. J'avais oublié ces yeux noirs couleur cacao, ses joues roses, toutes les courbes de son corps, la façon dont elle rejetait la tête en arrière et riait quand je disais quelque chose de drôle.

"Ce n'est pas amusant si tu sais que ça arrive", dit-elle en me donnant un coup de coude pour que je m'approche.

"Je suppose que je dois surveiller mes arrières à ce moment-là, peut-être dormir avec un œil ouvert", la taquinai-je en tirant les couvertures pour elle.

"Quelque chose comme ça", sourit-elle en se mettant au lit à côté de moi. «J'ai passé un bon moment ce soir. Je veux dire, à part le truc du gui à la fin.

"Tu n'as pas aimé mon baiser dramatique?" J'ai sorti ma lèvre inférieure en faisant une fausse moue.

«Cette partie était bien. Mais je ne suis pas fan de tout ce qui concerne les PDA, tu te souviens ?

"Oh, je me souviens." Je caressai sa joue, douce et lisse sous mes mains rugueuses. "Tu es magnifique, tu le sais?"

Elle rougit, me regardant à travers ses cils sombres. "Tu n'es pas trop mal toi-même, Milton."

"Merci", murmurai-je en pressant mes lèvres contre les siennes, respirant l'odeur de pin et de cannelle dans ses cheveux qui persistait de la fête. Elle m'a ouvert la bouche et j'ai glissé ma langue dedans, l'emmêlant avec la sienne. Mes mains passèrent de son visage à son corps, effleurant le doux gonflement de ses seins. J'ai passé son mamelon à travers le coton doux de son pyjama et elle a répondu, se durcissant sous mon contact. Prenant cela pour cible, j'ai glissé mon autre main sous sa chemise, caressant ses seins jusqu'à ce qu'elle gémisse doucement dans ma bouche.

"Pseudo."

"Ouais?"

"Mets-toi nu."

"Volontier." J'ai enlevé mon boxer pendant que Sydney faisait de même, sortant son pyjama et le laissant tomber sur la table de nuit.

"J'ai dû être un très bon garçon cette année", dis-je en chevauchant son corps nu. Elle se détendit, ses cheveux noirs s'étalant sur les oreillers, un sourire espiègle sur ses lèvres roses.

"À peine. Mais il est encore temps de se mettre sur la bonne voie. Elle se pencha et m'embrassa, passant sa langue le long de ma lèvre inférieure, mordillant la couture jusqu'à ce que je lui ouvre la bouche. Chaque muscle de mon corps était tendu, il fallait s'enrouler au plus profond de mon ventre. J'ai parcouru ses muscles et ses courbes avec une paume ouverte, effleurant légèrement sa peau, laissant des frissons dans mon sillage. Elle se cambra pour rencontrer ma main, pressant sa chaleur contre ma dureté. Je l'ai prise en coupe et elle a gémi doucement. En appuyant contre son corps, je me suis déplacé le long de ses plis jusqu'à ce qu'elle soit mouillée et palpite contre mes doigts. J'ai plongé en elle avec un doigt, puis deux, ct elle s'est cambrée pour me rencontrer. Mon autre main lui a pincé et effleuré ses tétons et elle a répondu en bougeant contre moi, en me saisissant avec ses cuisses.

"Je suis prête", murmura-t-elle contre mon cou, ses doigts effleurant les musclcs tendus de mon dos.

"Bien." J'ai attrapé un paquet de papier d'aluminium dans le tiroir de la table de nuit - j'étais prêt cette fois - et je l'ai déchiré, faisant glisser le caoutchouc sur ma bite dure comme la pierre.

Sydney m'a rencontré là-bas, prenant mon manche dans sa main, courant de haut en bas sur toute la longueur. Tous les muscles de mon corps se sont tendus, chaque nerf s'est enflammé, alors qu'elle passait une main sur ma bite, l'autre sur mes muscles fléchis.

Avec mon index, j'ai tracé des cercles concentriques autour de son clitoris, la taquinant alors qu'elle gonflait sous moi. Je me suis appuyé sur sa douceur, me glissant en elle encore plus profondément qu'avant. Nous avons caressé, embrassé, léché et sucé jusqu'à ce que je n'en puisse plus, mon cœur battant dans ma poitrine, mon corps prêt à exploser.

"J'ai besoin de toi, Syd," haletai-je, fermant les yeux sur les siens.

"Pareil", murmura-t-elle d'une voix haletante.

Sans hésitation, j'ai écarté ses jambes et je l'ai poussée, la remplissant. Elle s'est cambrée pour me rencontrer, m'emmenant jusqu'à ma base.

"Oh mon Dieu, tu te sens tellement bien," dis-je en enfouissant mon visage dans sa poitrine, en suçant et en embrassant son cou.

"Nick", gémit-elle, son souffle chaud contre mon oreille. Elle a enroulé ses jambes autour de mes fesses, m'attirant dans son corps, répondant à chacune de mes poussées avec l'une des siennes. Nous nous sommes balancés ensemble, dans un échange parfait, comme un quart-arrière gagnant avec son receveur vedette.

«Viens pour moi, bébé. Lâche-toi, dis-je en lui caressant le visage. "Je veux te voir venir."

"Ahhh", dit-elle, son corps frémissant sur ma bite, les vagues de son orgasme stimulant le mien alors que le ravissement traversait son visage. J'ai alors explosé, tous mes muscles tremblant.

"Tu es putain d'incroyable," dis-je, presque essoufflé, m'enfonçant à côté d'elle. J'ai enroulé mon bras autour de ses épaules, la ramenant contre ma poitrine. Fermant les yeux, je lui caressai les cheveux jusqu'à ce que notre respiration revienne à un rythme normal et régulier.

"Je t'aime." Les mots flottèrent hors de moi dans un silence de mort.

Merde. Qu'est-ce que je faisais, bordel ? J'avais besoin de maîtriser mon manuel de jeu avant que les choses ne deviennent incontrôlables.

Sydney s'est retournée, s'est appuyée sur son coude et m'a regardé avec de grands yeux.

"Vraiment ? Tu fais ? Ou est-ce le sexe chaud qui parle ?

"Je veux dire, le sexe m'a aidé, ne te méprends pas..."

Elle sourit, mais ses yeux contenaient des questions auxquelles je savais que je devais répondre.

« Sérieusement, Syd. Je fais. Je ne vais pas mentir ; ça m'a vidé quand nous avons rompu. J'ai avalé difficilement à cause de la boule dans ma gorge. Bon sang. Pourquoi devrais-je y aller et devenir toute émotive ?

"Je suis désolé." Elle soupira, une mèche de cheveux tombant sur ses yeux. Je levai la main et le glissai derrière son oreille.

"C'est ça ? C'est tout ce que tu as ? J'ai haussé un sourcil, essayant de scruter son esprit.

Elle traça le contour de mon visage, passant sa main le long de ma poitrine, puis jusqu'au V, qui, je le savais, était sa partie préférée de moi.

"Nick, je veux être avec toi. Comme dans une vraie relation. Mais c'est tellement... compliqué. Quand vous avez été échangé en Arizona, nous n'avons pas passé de temps ensemble. Maintenant, nous avons le temps, mais nous ne pouvons pas être ensemble à cause de la politique de l'entreprise. Je ne sais pas, j'ai juste l'impression que peut-être... » Sa voix s'éteignit.

"Quoi, Syd?"

"Peut-être que nous ne sommes pas censés l'être."

Son doute restait en suspens pendant que je digérais cela.

"Non. Connerie. Nous sommes censés l'être, sinon je n'aurais pas été échangé et vous ne travailleriez pas pour l'équipe. Tu ne le vois pas

? C'est le destin, Syd. Nous étions censés nous reconnecter. Il suffit de croire en nous.

"Je veux. Mais je ne sais pas si je peux.

Chapitre 13

Sydney

« Comment ça, tu ne sais pas si tu peux ? » Nick me regardait, les yeux pleins de douleur. « Comment peux-tu dire ça ? Tout a été parfait cette semaine. Ma famille t'aime, tu as cliqué avec mes amis, évidemment le sexe est incroyable - et si nous avions un travail à régler ? C'est un obstacle, certes, mais je crois en nous. Nous sommes assez forts ensemble pour nous en sortir.

"C'est facile à dire pour toi, Nick." Je laisse échapper une profonde inspiration, repoussant l'exaspération qui montait dans ma poitrine. « C'est vous qui êtes en sécurité dans votre travail. Si l'équipe apprend que moi, le publiciste de l'équipe, je couche avec vous, un JOUEUR, je suis sûr qu'il y aura des répercussions et elles ne seront pas sur vous. Alors oui, ça fait du bien d'être avec toi en ce moment, je ne le nie pas. Mais quand on revient à la vraie vie, et alors ? J'ai détourné le regard, des larmes brûlantes coulant dans mes yeux. «Ma carrière est tout ce que j'ai, Nick. Je n'ai pas une famille géniale comme toi. J'ai quelques amis, bien sûr, mais la plupart d'entre eux viennent du travail. Il n'y a aucune équipe autour de moi. Je suis seul. Alors j'ai tout mis dans mon travail et je suis désolé, mais je ne veux pas le jeter.

"Jette-le? C'est ce que tu penses de moi ? Nous? Être ensemble signifie « tout jeter » ? Hé Merci." Nick s'assit, attrapant son boxer.

"Non, désolé, cela s'est mal passé. Mais tu vois ce que je veux dire.

"Non, je ne le fais pas, Syd. Vraiment pas. Je viens de te dire que je t'aimais et que tout ce qui t'inquiète, c'est ton foutu travail. Il croisa les bras sur sa poitrine, ses lèvres formant une ligne fine et serrée.

"Typique", soufflai-je. "Il n'est question que de toi. Peu importe ce que je ressens, quelles seront les conséquences pour moi. C'est toi, toi, toi.

"Ouais, c'est ce qu'il faut retenir ici." Il roula des yeux, puis se leva et se dirigea vers la salle de bain.

"C'est exactement pourquoi tout cela," je nous ai fait signe à tous les deux, agitant sauvagement mes mains dans les airs, "était une mauvaise idée en premier lieu." J'ai passé mon haut de pyjama par-dessus ma tête. "Et pourquoi je ne voulais plus m'impliquer."

"Peu importe", dit Nick en fermant la porte de la salle de bain avec plus de force que nécessaire.

M'exclure.

Je me suis affalé sur le lit, la colère et l'anxiété tourbillonnant dans mon estomac. Ce n'était pas comme ça que je voulais que la soirée se termine, mais je ne savais pas quoi faire pour l'améliorer. Tout ce que j'avais dit était exact et je croyais fermement que nous devrions faire face à la vérité le plus tôt possible. Ce serait moins douloureux comme ça.

Joyeux Noël, ai-je pensé en me retournant et en éteignant la lumière. Et maintenant, je devrais faire semblant avec Nick pendant encore quelques jours, jusqu'à notre retour en ville. La dernière chose dont j'avais besoin était une nouvelle « rupture » émotionnelle, cette fois devant sa famille.

Non, je jouerais juste cool pendant les prochains jours, je ferais semblant jusqu'à Noël, et puis nous aurions fini.

Problème résolu.

Sauf que le bretzel à l'estomac et la douleur dans ma poitrine m'ont dit que le problème n'était définitivement pas résolu.

Au fond, je savais que j'étais aussi amoureuse de Nick, même si je n'avais pas le courage de lui dire.

* * *

Sans surprise, j'ai mal dormi, me retournant et me retournant toute la nuit. Je n'avais aucune idée à quelle heure Nick se couchait. Pour autant que je sache, il a passé la moitié de la nuit à dormir dans la baignoire.

"Sydney?" La voix douce de Nick, basse et grave, vibrait contre mon cou, m'envoyant des impulsions d'excitation même si nous nous disputions.

"Ouais?" Mon rythme cardiaque s'accéléra, je me demandais ce qu'il dirait. Je regardais les petites fleurs bleues sur le papier peint, n'osant pas me retourner et lui faire face.

"Je suis désolé pour hier soir." Ses doigts caressèrent mon bras, dessinant des huit sur ma peau. Des ondulations électriques picotaient partout où il touchait.

"Moi aussi," murmurai-je, me tournant finalement vers lui.

« Je comprends que votre carrière est importante pour vous. Ce n'est pas juste de ma part de te faire choisir. Nick s'éclaircit la gorge, les yeux écarquillés de sincérité.

"Merci. J'apprécie cela. Tu sais que tu comptes beaucoup pour moi, n'est-ce pas ? Mais je ne peux pas perdre mon emploi à cause de ça. C'est tout ce que j'ai.

Nick secoua la tête, ses cheveux tombant sur ses yeux. « Ce n'est pas tout ce que vous avez ; c'est ce que j'essaie de dire. Tu m'as. Mais je comprends que je ne te suffirai peut-être pas.

"Quoi? Non ce n'est pas vrai. Bien sûr que tu es suffisant, » dis-je en levant la main et en caressant sa joue, sa légère barbe matinale piquant sur ma peau.

«Eh bien, je ne suis pas une carrière. Et je ne veux pas que tu choisisses entre moi et ton travail.

J'ai avalé difficilement à cause de la boule dans ma gorge. Pourquoi est-ce que cela ne me faisait pas me sentir mieux ?

Alors, que dites-vous?"

"Peut-être que tu as raison. Peut-être que nous ne sommes pas vraiment censés l'être après tout et je force, en essayant de gagner.

Mon cœur se serra, une vague de tristesse m'envahit. Même si j'avais ressenti cela depuis le début, entendre Nick le dire à voix haute rendait cela réel, presque inévitable.

"Veux-tu que je te ramène à la maison?" Il a fermé les yeux sur les miens.

J'ai cligné des yeux, à peine capable de respirer. "Non. Ne « rompons » pas avant Noël. Je ne veux pas gâcher les vacances de tout le monde. Nous pouvons nous en tenir au plan.

"D'accord." La voix de Nick était douce et teintée de tristesse. "Merci." Il se pencha et déposa un doux baiser sur ma joue, ma poitrine se serrant fort.

Comment tout cela avait-il pu mal tourner, si vite ? Ce devait être le record de la relation la plus courte au monde.

Avant, nous avions à peine commencé.

Chapitre 14

Nick

Ia donné beaucoup d'espace à Sydney, principalement parce que je supportais à peine d'être dans la même pièce qu'elle. Pas parce que je la détestais ou quoi que ce soit. Plutôt l'inverse, en fait.

J'étais tellement amoureux de Sydney que ça me faisait mal. Juste un soupçon de son shampoing, un regard de côté, un sourire rapide, et mon cœur s'est gonflé dans ma poitrine.

Sachant que je ne pouvais pas la blesser encore plus que d'être exclue de l'équipe.

Et je ne pouvais absolument rien y faire.

"Tu es sûr de vouloir y aller ?" J'ai demandé à Sydney pour la dixième fois. « Il fait vraiment froid ce soir. Nous pourrions simplement rester à la maison et regarder un autre film et nous coucher tôt.

« Non, allons-y. Vous avez dit à Jackson et Harper que nous serions là et que vous ne sortez pas souvent avec vos amis. En plus, vous avez tellement parlé de cette tournée que je ne peux pas la manquer maintenant. Elle m'adressa un pâle sourire en me serrant la main.

"D'accord, si c'est ce que tu veux faire." Je me suis serré en arrière, résistant à peine à l'envie de la tirer vers moi et de l'embrasser jusqu'à ce qu'elle change d'avis à notre sujet.

Nous sommes descendus et avons été gentils avec mes parents pendant quelques minutes, puis nous avons sauté dans mon SUV et nous sommes dirigés vers la plage. Je me suis garé sur le parking le plus proche du phare et j'ai coupé le contact. Sydney et moi sommes restés assis dans le noir pendant une minute, le seul bruit de notre respiration et du doux fracas des vagues contre le rivage.

"Tu es prêt?" Ai-je demandé en lui jetant un coup d'œil. Son profil était éclairé par la lune, soulignant ses pommettes saillantes et ses lèvres charnues.

Elle hocha la tête, sa poitrine se soulevant, puis s'abaissant avec un soupir résigné.

Cela allait être une nuit difficile.

Ensemble, nous avons traversé le parking, puis emprunté le chemin sablonneux menant au phare. Les couples et les familles se sont rassemblés en groupes autour du phare, riant et discutant, attendant le début de la visite. Sydney frissonna à côté de moi, se penchant plus bas dans son manteau. Instinctivement, j'ai enroulé mon bras autour de sa taille étroite, l'attirant contre moi pour me réchauffer. Elle ne s'est pas éloignée, donc voilà.

"Sydney, Nick, par ici!" Harper et Jackson nous ont fait signe depuis une table de rafraîchissements installée près de l'entrée du phare, tous deux rayonnants comme si c'était la période la plus merveilleuse de l'année ou quelque chose du genre. J'ai expiré profondément et j'ai affiché mon meilleur visage de jeu, faisant semblant d'être heureux.

"Salut les gars. Content de te voir." J'ai serré Jackson dans mes bras et Harper dans mes bras; Sydney a fait de même, le tout avec un sourire dont moi seul savais qu'il n'était pas authentique.

«Je suis tellement excité de faire la tournée. J'en entends parler depuis un an », a déclaré Harper d'une voix pétillante. "Nous allons même en filmer une partie pour notre émission."

"Excellente idée", dit Sydney en souriant. « J'aime l'utilisation de monuments locaux dans les spectacles ; cela témoigne vraiment du caractère d'un lieu. Et Starlight Bay est magnifique, alors pourquoi ne pas la montrer ? »

"Droite? Je ne peux pas croire que je n'en avais jamais entendu parler avant l'année dernière. C'est un véritable joyau. Harper rayonna vers Jackson et un vif pincement d'envie me tordit le ventre. Je voulais que Sydney me regarde de cette façon, bon sang. Comme elle l'a fait avant que je foute tout en l'air hier soir.

"Pseudo? Tu veux quelque chose à boire ? Jackson a agité sa paume devant mon visage, essayant d'attirer mon attention.

"Hein? Oui bien sûr. Syd, tu veux quelque chose ?

"Je prendrai tout ce que tu as, merci." Elle croisa mon regard, mais son ton était froid et distant.

Cette nuit ne se passait pas bien.

Jackson et moi avons fait la queue, laissant les filles discuter ensemble.

« Ça va, mec ? Vous semblez un peu décalé. Comme nerveux ou quelque chose comme ça. Les sourcils sombres de Jackson se froncèrent d'inquiétude.

J'ai ignoré son inquiétude. "Non, ça va. Juste un peu fatigué. Chute de mi-saison. Vous connaissez le refrain."

Jackson hocha la tête. « Combien de temps penses-tu que tu vas jouer ? »

« Aucune idée, mec. Tant qu'ils continuent à me payer, je suppose. Je fais mes prières tous les soirs pour ne pas me blesser. A part ça, je continuerai aussi longtemps que je peux. Comment vous traite la vie civile ?

«Mieux que je ne le pensais. Le travail est plutôt cool et Harper est génial. Je ne peux donc pas me plaindre. Bien sûr, ce n'est pas aussi excitant que la LNH, mais c'est beaucoup moins stressant. La vie de l'autre côté est plutôt belle, quand on a envie de déménager. Il me regarda, évaluant ma réaction.

"Merci. Je garderai ça à l'esprit. Quatre chocolats chauds ? Dis-je en passant ma commande.

Nous avons payé et récupéré les boissons chaudes fumantes, puis sommes retournés vers les filles.

"Merci, Nick", dit Sydney en me prenant le gobelet en polystyrène et en soufflant dessus, les volutes blanches de vapeur flottant dans la nuit d'encre.

"Pas de problème."

"Bienvenue, mesdames et messieurs, à la visite annuelle des phares", a crié un guide vêtu d'un caban bleu marine à la foule. « Derrière moi se trouve le phare de Starlight Bay, un monument qui protège ces côtes depuis plus de cent cinquante ans. C'est une coutume de la ville de la décorer à chaque période des fêtes, tout comme la place publique, car elle sert de phare aux voyageurs de notre région. C'est avec grand plaisir que je vous invite à explorer l'intérieur de l'un des plus anciens phares opérationnels du Nord-Est. Tout le monde aura son tour, alors prenez votre temps pour parcourir le terrain, marcher sur la plage et profiter des rafraîchissements. Et bonnes vacances à tous ! »

La foule a éclaté en applaudissements polis, puis le guide a commencé la première tournée, plusieurs familles nombreuses se précipitant pratiquement à l'entrée.

Nous avons attendu que les familles passent à vélo, bavardant et dégustant nos boissons. Finalement, ce fut notre tour d'entrer. Jackson et Harper ouvraient la voie, juste derrière le guide, puis Sydney et moi suivions.

L'air à l'intérieur du phare était d'au moins vingt degrés plus chaud qu'à l'extérieur, en partie à cause de l'énorme lampe chauffante située au sommet du bâtiment, guidant les marins tout au long de la nuit. La sueur est apparue dans mon cou dès que je suis entré et que j'ai déboutonné mon manteau.

Des lumières blanches scintillantes décoraient la balustrade en métal noir qui encadrait les marches en pierre grise, se tordant et s'enroulant jusqu'au sommet. Des orbes dorés disposés à intervalles précis étaient accrochés aux murs de pierre, éclairant notre chemin. Le guide a parlé de l'histoire de Starlight Bay, mais je l'ai ignoré. J'avais entendu ce baratin plusieurs fois auparavant et en plus, je n'arrivais pas à me concentrer avec le cul rond parfait de Sydney qui se déchaînait juste devant moi.

Comment pourrais-je la faire changer d'avis ? Faire en sorte que les choses fonctionnent entre nous deux ? Malgré ce que je lui avais dit ce matin, il devait y avoir un moyen. Je croyais toujours que nous étions faits l'un pour l'autre, sinon pourquoi aurais-je été renvoyé à Boston ?

Et quelles étaient les chances qu'elle travaille pour l'équipe, mon équipe ? Cela devait être le destin.

« Et nous voilà, les amis, au sommet du phare. Je vais vous donner quelques minutes pour admirer la vue. Vous avez vraiment de la chance : c'est une nuit claire, pas de nuages. Vous pourrez peut-être même voir le vignoble d'ici ce soir.

Le guide nous a tenu la porte ouverte, puis est rentré à l'intérieur, nous laissant tous les quatre seuls au sommet. L'air froid et vif était un soulagement bienvenu après la chaleur intérieure, surtout après avoir monté tous les escaliers. Le stroboscope blanc passait toutes les quelques minutes, nous baignant tous dans une lumière vive. Je m'appuyais contre la balustrade en fer décorée pour correspondre à l'intérieur, avec les mêmes lumières scintillantes ainsi qu'une guirlande à feuilles persistantes parfumée.

"Oh, Jackson, c'est absolument magnifique !" Harper respira, ses joues rosies d'excitation.

Sydney m'a souri, un regard doux et mélancolique. "C'est magique."

J'ai lié mes doigts aux siens, l'attirant contre moi, me blottissant dans ses cheveux noirs et inhalant son doux parfum. Si c'était l'un des derniers moments que nous passions ensemble en couple, je voulais au moins que cela compte.

"Je pensais que ça te plairait," murmurai-je, repoussant la vague de tristesse menaçant de déferler sur mon moment parfait.

"Je fais." Sydney et moi sommes restés là, regardant l'océan Atlantique, écoutant le martèlement des vagues contre le rivage, inconscients de tout ce qui se passait autour de nous, pendant un long moment. En tout cas, plus long que le temps qui nous était imparti, selon le guide touristique, car plusieurs autres couples se sont répandus sur la passerelle, brisant la paix et la tranquillité.

"Hé, tu es Nick Milton, n'est-ce pas ?" Un homme grand et mince avec des cheveux noirs et une barbichette me regardait dans le noir.

J'ai hoché la tête. "Ouais."

"Cool. Tu penses que tu vas aller en séries éliminatoires ?

«Euh, je l'espère. C'est le plan."

« Ça vous dérange si nous prenons une photo avec vous ? » Le mec a sorti son téléphone portable et Sydney s'est démêlée de mes bras.

Parfois, je détestais les fans.

"Bien sûr, mec."

Le mec a jeté ses bras autour de moi comme si nous étions de vieux copains d'université et sa petite amie s'est déplacée de l'autre côté, enroulant son bras autour de ma taille. J'ai affiché mon plus beau sourire de relations publiques et Sydney a pris son portable, prenant plusieurs photos.

"Merci mec. C'est vraiment cool de ta part. Bonne chance!"

"Merci. Joyeuses fêtes!" Je leur ai souri alors qu'ils s'éloignaient, discutant de football et de nos chances de participer aux séries éliminatoires.

« Oh, tu es Nick Milton, le footballeur ! Je pensais te reconnaître. Le guide hocha la tête, puis ses yeux s'illuminèrent. « Pourriez-vous prendre quelques photos supplémentaires pour la Société historique ? Ce serait formidable pour la ville.

Sydney changea de position, son esprit de relations publiques calculant le rapport risque/rendement à ce sujet, puis me fit un signe de tête, me donnant le feu vert.

"Bien sûr pas de problème."

"Super. Restez ici, ouais, parfait – et mettons également les amis dans le tableau. Il a saisi les épaules de Sydney, la poussant vers moi, nous poussant l'un contre l'autre, puis a aligné Jackson et Harper également.

Sydney s'est déplacée à côté de moi, un petit pli d'inquiétude entre les yeux. "Nick," murmura-t-elle. "Je préférerais vraiment ne pas être sur la photo."

« C'est bon, ne t'inquiète pas pour ça. Ce sera juste dans une brochure de Starlight Bay, » murmurai-je en retour, en l'entourant de mon bras.

"Super, c'est sympa, j'aime ça", dit le guide, puis il s'éloigna, flash et tout. Il a pris plusieurs photos rapides et puis il a terminé.

"Merci beaucoup les gars. La ville de Starlight Bay l'appréciera. Le guide nous a tenu la porte et nous a fait descendre.

"Merci beaucoup pour la visite", a jailli Harper au guide, les yeux étoilés, alors que nous descendions les escaliers. «J'aime le fait que tout soit toujours original.»

« Oh, nous l'avons réparé au fil du temps. Mais nous avons essayé de rester aussi proches que possible des matériaux purs.

"C'était génial", a déclaré Harper, à moitié essoufflé, en bas des escaliers. "Merci encore."

"Avec plaisir. À l'année prochaine!" Il nous a fait signe, puis a commencé sa prochaine ascension, de nouveaux visages écoutant son récit nautique.

« Bonne soirée, les gars. Je me suis amusé." Sydney fit un rapide câlin à Harper, puis à Jackson.

"Même. J'espère que nous vous reverrons avant votre retour à Boston. Sinon, nous participerons certainement à un match », a déclaré Jackson.

"Ça a l'air bien," dis-je en prenant la main de Sydney. "Joyeux Noël, les gars!"

Nous nous sommes dit au revoir et sommes retournés à la voiture.

"C'était amusant, Nick. Merci d'avoir suggéré cela. Sydney m'a souri, une partie de son givre antérieur fondant.

"Je suis content que ça te plaise," dis-je en lui ouvrant la portière de la voiture. Elle est montée et j'ai fermé la porte derrière elle.

J'ai allumé la voiture, allumé le chauffage.

"Est-ce que ça va?" » demanda Sydney d'une petite voix.

"Ouais, Syd, tout va bien", dis-je en frottant ma main sur sa cuisse.

Même si nous pourrions être meilleurs, me suis-je dit en nous ramenant à la maison. Mais pour le moment, je ne voyais pas comment je pourrais la faire changer d'avis, à moins d'arrêter le football. Et ce n'était pas vraiment une option pour le moment. Je viens de signer un contrat de deux ans, j'étais donc bloqué dans un avenir prévisible.

Je ne voyais pas de solution à notre problème et ce n'était pas exactement quelque chose que le Père Noël pouvait offrir.

Chapitre 15

Sydney

« Oh mon Dieu, oh mon Dieu, oh mon Dieu ! Nick, réveille-toi ! Je secouai la forte épaule de Nick, parvenant à peine à le faire bouger.

"Euh," gémit-il, enfouissant son visage plus profondément dans l'oreiller.

"Pseudo!" J'ai à moitié crié à son oreille. "Réveillez-vous! Nous avons un problème."

Il ouvrit un œil, cligna des yeux. "Seulement un?"

Je l'ai frappé.

"Syd, nous en avons parlé." Il s'est frotté le biceps comme si je lui avais vraiment fait mal, mais il s'est retourné et a ouvert les deux yeux.

"Regarder!" Je lui ai poussé mon portable devant le visage et il me l'a pris en le tendant à distance.

"Oh, bonne photo." Il sourit de son sourire lent et déséquilibré, faisant défiler les photos.

"Urgh, tu es tellement ennuyeux parfois!" J'ai levé les mains, puis je les ai enroulées autour de mes genoux, me mettant en boule. "C'est un putain de problème, Nick. Vous vous souvenez de cette clause « pas d'image » dans notre accord ? Ouais, eh bien, il est grand ouvert maintenant.

« Ahh. Vous avez donc peur que quelqu'un du travail voie ça.

«Euh, ouais. Avez-vous au moins lu le message ?

Il plissa les yeux vers l'écran, essayant de distinguer les minuscules caractères. "Je pense que je pourrais avoir besoin de lunettes."

«Cela dit Nick Milton et sa petite amie, Sydney. Alors oui, problème.

« Écoutez, PR. Ce sont les réseaux sociaux. Les gens le parcourront en une seconde, probablement personne ne le verra. S'ils le font, nous pouvons simplement le faire tourner. Dites qu'ils ont foiré les détails, ce n'est pas grave.

"À moins que vous zoomiez sur la photo et que vous remarquiez comment votre bras est enroulé autour de moi et que nous ressemblons à un couple."

"Eh bien, tu es ma fausse petite amie en ce moment..." fit-il remarquer.

Je me suis cogné le front. « Quel était notre accord secret. Pour votre famille. Pas le monde entier.

— C'est le récit de la Starlight Bay Historical Society, Syd, pas celui de l'équipe. Personne ne le verra. Combien de personnes suivent ce compte ?

J'ai jeté un coup d'œil à mon téléphone. "Eh bien, à en juger par les 6 572 likes, 502 partages et 426 commentaires déjà, c'est beaucoup."

« Merde, sérieusement ? C'est impressionnant."

"Pseudo! Se concentrer. Qu'est-ce qu'on fait?" Je gémis, m'appuyant contre les oreillers, regrettant si fort ce voyage en ce moment.

Nick s'assit et m'entoura de ses bras. "Je vais y arriver, ne t'inquiète pas."

"Comment?" Ai-je demandé, les larmes brûlantes menaçantes.

"Pas certain. Je vais me doucher et y réfléchir. Ne faites rien pour l'instant. Il n'est même pas huit heures du matin et c'est une semaine de vacances. Nous avons quelques minutes avant que les RH n'interviennent.

"Pense à quelque chose de bien", criai-je à son dos sculpté alors qu'il se retirait vers la salle de bain. "Les vacances ne nous font gagner qu'un temps limité."

"Compris, Syd," dit-il d'une voix calme. "Je vais réparer ça." Puis il a fermé la porte, me laissant seul sur le lit.

Trente minutes plus tard, nous n'étions pas plus près d'un plan. Je n'arrêtais pas de rafraîchir frénétiquement mon courrier électronique, me préparant au pire. Heureusement, rien d'important de la part de qui que ce soit jusqu'à présent.

«Je prends un café avec Jackson au Bayfront Beans. Je serai de retour dans peu de temps. » dit Nick en enfilant un sweat à capuche bleu marine à quart de zip sur sa tête.

"Tu veux que je reste ici avec tes parents?" Je grommelai en le regardant avec de grands yeux. "Cela semble être un moment étrange pour prendre une tasse de café décontractée, étant donné que nous sommes au milieu d'une crise."

«Jackson connaît le sport professionnel, Syd. Il a peut-être des idées.

Je me mordis la lèvre inférieure en réfléchissant à cela. Je n'étais pas fou à l'idée que Nick cède la mèche à Jackson, mais les temps désespérés appelaient des mesures désespérées, n'est-ce pas ?

"Bien. Mais soyez rapide. Et ramène-moi un moka à la menthe poivrée.

Chapitre 16

Nick

Bayfront Beanshad a décoré leurs halls, comme tous les autres magasins de la ville. Une guirlande à feuilles persistantes décorait le bar et des ornements en papier étaient suspendus au plafond. Une musique de Noël jazzy jouait en fond sonore, le parfum du café et de la menthe poivrée se mélangeait dans l'air et l'ambiance générale était chaleureuse.

Jackson se tenait au bar, attendant son café.

"Hé, mon frère, quoi de neuf ?" J'ai fait signe à Jackson et me suis dirigé vers le comptoir.

« Pas grand-chose, mec. En fait, je suis en congé pour les prochains jours, donc c'était le bon moment. Commande ton café, je prends une table.

J'ai passé ma commande - noire avec de la place pour la crème - puis j'ai rejoint Jackson à une table au fond, la plus éloignée du comptoir et de la porte.

J'ai trafiqué mon café, en soufflant dessus pour faire bonne mesure avant de prendre une gorgée. La perfection. Bayfront Beans ne m'a jamais laissé tomber.

"Voici le marché", dis-je en me raclant la gorge. Cette conversation allait être gênante, parce que j'avais menti à mon ami en premier lieu. Sans parler des véritables sentiments que j'avais pour Sydney, que je n'avais pas l'intention de révéler.

«Sydney et moi sommes sortis ensemble avant d'être échangé en Arizona. Nous avons rompu quand j'ai été échangé, mais je ne l'ai jamais dit à mes parents. Ensuite, j'ai été réintégré dans l'équipe d'ici. Mais maintenant, Sydney travaille pour l'équipe et nous ne sommes pas censés sortir ensemble. J'ai ouvert ma veste, jouant avec la fermeture éclair. «Et, euh, eh bien, je l'ai en quelque sorte convaincue de rester ma petite amie pour les vacances parce que je n'ai jamais dit à ma mère que nous avions rompu. Mais jusqu'à présent, cela va à l'encontre de notre politique RH car nous sommes des collègues. Tout était censé être sur le DL. Mais le guide de Lighthouse a pris notre photo hier soir et maintenant nous sommes partout sur les réseaux sociaux et les RH vont probablement le découvrir. Sydney ne peut pas perdre son emploi à cause de ça. Alors que faisons-nous?"

Jackson expira longuement et fort. « Whoa, mec, ça fait beaucoup. Juste pour récapituler : vous êtes ou vous n'êtes pas ensemble ?

"Euh, je suppose que nous ne sommes pas ensemble. Techniquement."

"D'accord," dit Jackson en hochant la tête. «Dites cela aux RH. Simple. La société historique de Starlight Bay s'est trompée et il n'y a rien à voir ici.

«J'aurais aimé que ce soit aussi simple, mec. Vous voyez, voici la vraie affaire. J'ai plié une serviette en papier en deux, puis en quatre. «Je veux être avec Sydney. Genre, pour de vrai. Long terme. Mais maintenant, elle travaille pour l'équipe et sa carrière est très importante pour elle. Je ne peux pas lui faire choisir entre moi et son travail. Alors qu'est-ce que je fais? Elle pense que nous devons rompre – ou rester séparés, je suppose, si vous voulez être technique – mais je ne veux pas simplement nous abandonner. Je sais que toi et Harper avez eu des problèmes de carrière. Qu'est-ce que tu as fait?"

Jackson se pencha en arrière sur sa chaise, croisant les bras sur sa poitrine. « Eh bien, notre situation était complètement différente. Ce que vous faites est plus compliqué, c'est sûr. Mais si tu penses que Sydney est la fille qu'il te faut, mec, tu ne peux pas l'abandonner. Y a-t-il quelque chose que vous puissiez faire, des ficelles que vous puissiez tirer pour sortir de la clause RH ? Quand je jouais au hockey, il y avait toujours des relations qui n'étaient pas officiellement autorisées. J'ai l'impression que vous pourriez aller aux RH et leur parler, trouver une solution.

J'ai hoché la tête, réfléchissant déjà aux possibilités. Je ne voulais pas marcher sur les pieds de Sydney et faire quelque chose avec laquelle

elle n'était pas d'accord, mais les RH allaient probablement le découvrir maintenant de toute façon.

"Alors tu penses qu'aller vers eux et être totalement honnête est la voie à suivre ?"

« Ouais, probablement. Je suis désolé, mec, c'est dur.

J'ai pris un verre de café et j'ai regardé la table en granit noir. « C'est vrai, mais elle en vaut la peine. Si elle me donne le feu vert, je ferai tout pour elle.

Jackson sourit. « On dirait que vous avez votre réponse. Et peut-être aussi ta future femme.

J'ai bafouillé sur mon verre. « Ne nous emballons pas ici, Roméo. J'essaie juste de continuer à sortir avec moi. Une pièce à la fois.

Jackson rit. « D'accord, mec. Mais je te connais et c'est la chose la plus excitée que je t'ai jamais vue à propos d'une fille. Et Sydney est géniale. Je pense qu'elle vaut vraiment la peine de ne pas jouer la sécurité.

"Convenu. Merci, Jackson. Je vais aller prendre un café à Sydney et ensuite essayer de sauver son emploi.

Chapitre 17

Sydney

« Sydney ? Tu veux un petit-déjeuner ? Peut-être du thé ? La voix de Mme Milton résonna à travers la porte de la chambre.

Pouah. Je ne voulais vraiment pas bavarder avec la mère de Nick pour le moment. Pour être honnête, tout mon plan était de me cacher dans la chambre au moins jusqu'à ce que Nick revienne, mais peut-être pour toujours.

J'ai essuyé les larmes de mon visage, passant mes pouces sous mes yeux pour éliminer les restes de mascara avant d'ouvrir la porte.

« Merci, Mme Milton. Le thé serait génial. Je me tenais dans l'embrasure de la porte, ma main posée nonchalamment sur le cadre de la porte, bloquant à moitié l'entrée de la pièce pour éviter toute conversation ultérieure.

"Êtes-vous d'accord? J'ai vu Nick partir plus tôt. Je suis surpris que tu ne sois pas allé avec lui. Elle fronça les sourcils, visiblement méfiante.

J'ai poussé un soupir tremblant tandis que des larmes brûlantes me piquaient les yeux. Bon sang.

"Je vais bien. C'est juste une question de travail qui est arrivée. J'avais besoin de temps pour le réparer, alors Nick est sorti pour me laisser un peu d'espace.

"Hmmm", dit-elle en me regardant pendant un moment plus long que d'habitude. Puis elle a tendu la main et m'a serré dans ses bras, me serrant contre sa poitrine comme une maman oiseau le ferait avec un poussin et j'ai perdu ma merde. Un sanglot profond et déchirant jaillit, puis s'échappa de moi, toute la tristesse refoulée que j'avais ressentie à propos de ma situation se déversant sur la mère de Nick.

Tellement gênant.

Elle m'a frotté le dos, me murmurant de belles paroles réconfortantes pendant que je pleurais dans son pull en cachemire. Au bout de quelques minutes, j'ai réussi à me ressaisir en m'essuyant le visage du revers de la main.

"Laisse-moi te chercher un mouchoir", dit-elle en me tapotant le bras. "Asseyez-vous et nous parlerons de tout ce qui se passe."

J'ai suivi ses instructions sans réfléchir, me perchant sur le bord du lit. Quelques secondes plus tard, elle était de retour avec des mouchoirs et prenait place à côté de moi.

« Que se passe-t-il, Sydney ? Est-ce que ça marche ? Ou est-ce qu'il s'est passé quelque chose avec Nick ? Ses yeux bleu clair étaient remplis d'inquiétude et ma poitrine se serra. Je ne voulais plus lui mentir, mais qu'en était-il de Nick ? Serait-il en colère si je disais la vérité à sa mère ?

"Les deux", dis-je d'une petite voix. J'ai pris une autre inspiration tremblante. « C'est une situation compliquée. Le plus important, c'est que Nick et moi ne sommes pas censés sortir ensemble à cause de notre relation de travail. Ce n'était pas un problème auparavant, lorsque je travaillais pour une société privée de relations publiques. Mais maintenant, j'ai le poste dans l'équipe et Nick est de retour dans l'équipe, donc nous avons un problème.

"Je vois," dit-elle en hochant la tête. « Tout allait bien avant, puisque tu ne travaillais pas pour l'équipe. Mais ensuite Nick a été échangé et vous avez accepté le poste dans l'équipe, sans savoir qu'il serait échangé, et maintenant vous avez tous les deux un problème. Est-ce correct?"

Je me raclai la gorge, me demandant ce que je devais dire ici. "Oui, en gros."

« Pourquoi tout cela revient-il aujourd'hui ? Quelque chose est arrivé?" » demanda-t-elle en penchant la tête et en me regardant comme seule une mère peut le faire.

J'ai soupiré. «Eh bien, hier soir, le guide du phare a pris notre photo et l'a publiée sur les réseaux sociaux. Maintenant, la photo de nous est disponible et reçoit des tonnes de visites, ce n'est donc qu'une question de temps avant qu'elle parvienne à l'équipe et aux RH. Nous avions convenu de garder notre relation privée pendant que nous résolvions les choses, mais cela n'est plus d'actualité maintenant.

« Vous êtes alors tous les deux à la croisée des chemins », dit-elle en me frottant l'avant-bras. "Et vous êtes dans la position de devoir choisir entre Nick et votre carrière."

"Exactement", dis-je en hochant la tête, la gorge serrée et irritée. "J'ai travaillé très dur pour arriver là où j'en suis dans ma carrière et je ne veux pas y renoncer, mais j'aime Nick." Je m'arrêtai, les joues enflammées par cet aveu à sa mère.

« Aww, ma chérie. Je comprends. C'est une situation difficile." Elle prit mes deux mains dans les siennes, fermant les yeux sur les miens. « Prenez ceci pour ce que ça vaut : l'amour est plus difficile à trouver qu'un travail. Et j'ai vu à quel point vous êtes ensemble, si heureux et radieux. Nick est amoureux de toi aussi, je peux le voir de l'autre côté de la pièce. Je ne dis pas que vous devriez abandonner votre carrière, mais prenez un moment pour regarder la situation dans son ensemble. Peut-être y a-t-il un moyen pour vous de trouver une solution avec l'équipe et de rester ? Elle haussa un sourcil, laissant entrevoir cette possibilité.

"Je ne sais pas. Mais cela vaut la peine d'y réfléchir, étant donné que je pourrais de toute façon être licencié pour avoir enfreint le protocole RH. Je me mordis la lèvre, retenant d'autres larmes.

"Les choses s'arrangeront, Sydney, c'est toujours le cas." Mme Milton m'a serré dans une autre étreinte chaleureuse et une infime partie de moi s'est sentie mieux. Peut-être que Nick vaudrait la peine d'abandonner les choses. Je m'étais définitivement trompé sur un point : mon travail n'était pas tout ce que j'avais. J'avais Nick et sa famille.

Si je ne parvenais pas à résoudre ce problème avec les RH, je serais de retour à la case départ, à la recherche d'un autre emploi. Mais ce n'était peut-être pas la pire chose au monde. Il y avait beaucoup d'emplois en relations publiques, mais il n'y avait qu'un seul Nick Milton.

Et je voulais – j'avais besoin – que Nick Milton soit à moi.

Chapitre 18

Nick

Pendant tout le trajet jusqu'à chez moi, je ne pensais qu'à Sydney et à la façon dont je l'avais mise dans cette position intenable. Si elle perdait son emploi, ce serait entièrement de ma faute. Je ne pouvais pas laisser ça arriver. Dans le pire des cas, je respecterais mon contrat et je l'attendrais. Cela allait prendre deux longues années, mais elle en valait la peine.

"Maman, où est Sydney?" Ai-je demandé en me dirigeant vers la cuisine. J'avais déjà vérifié à l'étage ; son ordinateur portable et sa valise étaient toujours là, mais pas Sydney.

"Elle a pris ton vélo et l'a monté jusqu'à la plage", a dit ma mère en me regardant depuis l'évier de la cuisine.

"Quoi? Il fait froid."

« Elle a dit qu'elle avait besoin d'un peu de temps pour réfléchir, alors je lui ai suggéré de faire une promenade sur la plage. Cela m'aide toujours à me vider la tête.

Je plissai les yeux vers ma mère. "Elle te l'a dit, n'est-ce pas?"

"Nous avons parlé, oui."

"Oh mon Dieu," dis-je en mettant ma main dans ma poche. «Je suis désolé, maman, je n'ai jamais eu l'intention de te mentir. Je ne savais juste pas comment te dire que nous avions rompu. Je sais combien tu aimes Sydney. Ne soyez pas en colère contre elle, elle ne voulait pas accepter, je l'ai convaincue d'adhérer au plan.

Ma mère cligna des yeux en fronçant les sourcils. "De quoi tu parles, Nick?"

"Quoi? Oh, euh, rien. J'ai rapidement fait marche arrière, mais c'était trop tard.

"Nicholas Milton, tu dis la vérité dès cette seconde." Son ton était sévère, ne tolérant aucun argument de ma part. Je m'assis durement sur un tabouret de bar, face à ma mère.

« Et recommencez depuis le début », a-t-elle prévenu.

"Bien." J'ai passé une main sur ma nuque et j'ai raconté l'histoire à ma mère depuis le tout début.

« Laissez-moi être clair : vous n'êtes pas vraiment ensemble ? Vous faisiez seulement semblant pour nous ?

J'ai hoché la tête. "Oui. Sauf que je veux toujours être ensemble. Et je pense que Sydney ressent la même chose, mais elle aime aussi son travail et je ne veux pas lui faire choisir entre moi et sa carrière.

"Je vois." Ma mère s'est assise à côté de moi. "Vous pourriez aller aux RH et leur dire ce que vous venez de me dire - sans la partie qui veut toujours sortir avec vous - et sauver son emploi."

"Oui. Et c'est ce que je dois dire à Sydney avant qu'elle fasse quoi que ce soit qui pourrait lui coûter le poste. J'ai un contrat de deux ans, mais je suis prêt à l'attendre si c'est ce qu'elle veut.

« C'est un beau geste, Nicholas, et je suis sûr qu'elle l'appréciera. Mais quelque chose me dit qu'elle ne voudra pas attendre.

"Vraiment?" Mon visage s'effondra, imaginant Sydney passer à autre chose avec quelqu'un d'autre.

"Non. Je suis presque certain qu'elle ressent la même chose pour vous et deux ans peuvent sembler très longs lorsque vous attendez d'être avec quelqu'un que vous aimez. Vous avez beaucoup de travail à faire. Ma mère m'a tapoté le genou. "Tu ferais mieux de courir jusqu'à la plage et de la retrouver avant qu'elle n'appelle les RH et ne quitte son emploi."

"Quoi? Tu penses qu'elle fera ça ?

« Forte possibilité, je dirais. Aller." Ma mère m'a frappé le bras et m'a chassé de la cuisine. "Et n'oublic pas son café!" Elle l'a mis dans ma main, puis je me suis précipité pour trouver Sydney avant qu'elle ne fasse quelque chose que je ne pouvais pas annuler.

* * *

La plage était froide, venteuse et vide. J'ai repéré mon vélo appuyé contre les marches en bois menant à la plage. J'ai scruté la bande de sable blanc et j'ai vu une personne seule à environ cinquante mètres de moi.

"Sydney !" J'ai crié, mais le vent hurlant a englouti ma voix.

En descendant les marches en courant, j'étais heureux que courir pendant l'entraînement de football porte enfin ses fruits. En deux minutes, je l'avais rattrapée.

"Syd !"

Elle pivota, sa queue de cheval battant derrière elle, ses yeux sombres écarquillés de surprise.

"Pseudo ! Comment saviez-vous où me trouver ?

«J'ai parlé à ma mère.»

"Oh." Elle cligna des yeux et écarta une mèche de cheveux de ses yeux.

«Je lui ai raconté toute l'histoire, Syd. Elle connaît la vérité maintenant.

«Je suis désolé, Nick. Je ne voulais pas que tout cela s'écroule, encore moins la veille de Noël.

Ses yeux se remplirent de larmes et elle se frappa le visage. Je m'avançai, les repoussai, puis lui pris les mains et croisai les yeux avec elle. « Ce n'est pas ta faute, Syd. Je t'ai mis dans ce pétrin. Et ma mère n'est pas du tout en colère. Et même si elle l'était, ce ne serait pas contre toi, alors ne t'inquiète pas une seconde.

Elle acquiesça. "J'apprécie ça, Nick, mais ce n'était pas seulement toi. J'ai accepté le plan, même si je savais mieux. Et je vais accepter tout ce que les RH décident de faire. Même si je me fais virer.

"Quoi ?" Ai-je demandé en fronçant les sourcils. "Pourquoi ? Votre travail représente tout pour vous, vous ne pouvez pas y renoncer comme ça.

Sydney secoua la tête. "Non, ce n'est pas le cas." Elle a donné un coup de pied dans le sable avec sa chaussure, puis a croisé mon regard. « Tu comptes plus pour moi que ce travail. Je vais démissionner lundi et chercher un autre emploi. Pour que nous puissions être ensemble. Je veux dire, si c'est ce que tu veux toujours.

J'ai avalé difficilement à cause de la boule géante dans ma gorge. «Sydney. Je ne veux pas que tu abandonnes ta carrière à ma place.

« Eh bien, ce n'est pas exactement ma carrière. C'est un travail. Il y en a d'autres, mais il n'y en a qu'un, toi. Elle m'a souri, ses joues rougies d'un rose tendre.

«Je veux dire, cette partie est vraie. Il n'y a qu'un seul moi. Mais je ne peux pas te laisser faire ça. Si les RH n'assouplissent pas la clause relative aux collègues, nous pouvons attendre pour le moment. Je n'ai signé qu'un contrat de deux ans. Bien sûr, cela semble être une éternité en ce moment, mais je t'attendrai. Vous le valez bien."

Sydney sourit à nouveau, et cette fois cela atteignit ses yeux brillants. « Merci, Nick. Mais après avoir été séparé pendant que vous étiez en Arizona, je ne peux absolument pas tenir encore deux ans. Les derniers mois ont été parmi les plus solitaires et les pires de ma vie et je ne veux plus être sans toi. Même si cela signifie perdre mon emploi.

Je me penchai, prenant le visage de Sydney dans mes mains, et pressai mes lèvres contre les siennes dans un baiser doux et lent. "Je t'aime", murmurai-je contre ses lèvres.

"Je t'aime aussi."

Nous nous sommes embrassés sur la plage jusqu'à ce que nous frissonnions tous les deux. "Je prends ton café dans la voiture", dis-je en enroulant mes bras autour de sa petite silhouette, essayant de la garder au chaud. "Il est peut-être encore tiède."

Elle a ri. "D'accord. Et le vélo ?

«Je peux le mettre à l'arrière. Allez, rentrons à la maison et voyons si nous pouvons trouver une solution avec les RH. Alors célébrons Noël.

"Ça a l'air bien." Sydney se tenait sur la pointe des pieds, déposant un baiser sur mes lèvres, et je savais que je venais de recevoir le meilleur cadeau de Noël de tous les temps.

Chapitre 19

Sydney

Il s'avère que nous nous sommes beaucoup inquiétés des ressources humaines pour rien. Dès notre retour chez Nick, il a appelé les RH et a laissé un message. En moins d'une heure, nous avons discuté avec divers membres de l'équipe juridique et avec la responsable du service des ressources humaines elle-même et il a été décidé que nous pourrions continuer à sortir ensemble tant que j'acceptais un traitement juste et équitable pour tous les membres de l'équipe et que nous signions tous les deux un accord. addendum acceptant de garder notre comportement au travail professionnel.

Nick fit la grimace à cette dernière partie, mais un coup de coude rapide dans les côtes changea son attitude et il revint. L'équipe nous a envoyé les documents par courrier électronique, nous avons tous deux signé électroniquement et l'affaire a été réglée.

Puis plus tard dans la nuit, moi aussi.

"Tu es tellement incroyable", dit Nick, sa voix rauque alors qu'il roulait sur mon corps épuisé. « Je suis heureux que nous ayons réglé la question des ressources humaines. Je ne voulais vraiment pas avoir à attendre deux ans pour recommencer.

Je ris, me blottissant contre sa poitrine large et ferme. « Il n'était pas question que je laisse cela se produire. Je travaillerais au café du coin s'il le fallait.

Il se pencha, tenant mon menton dans sa main. "Eh bien, je suis content que tu n'aies pas à faire ça. Même si j'aime le café, surtout le café gratuit. Il déposa un baiser ferme sur mes lèvres, ses dents taquinant la couture de mes lèvres jusqu'à ce que je m'ouvre à lui.

Nos langues s'entremêlaient, nos respirations synchronisées, chaque partie de notre corps et de nos vies parfaitement alignées pour la première fois depuis notre rencontre.

"Je suis content que tu ne m'aies pas abandonné," murmurai-je, rompant notre baiser.

Il passa la peau rugueuse de son pouce sur ma joue, ses yeux brûlant dans les miens. «Je ne le ferai jamais, Syd. Te quitter n'était même pas une option.

Je clignai des yeux, retenant mes larmes, la gorge serrée. Nick a senti mes émotions, me rassemblant dans son étreinte forte et chaleureuse, me tenant contre son corps ciselé. "Je serai toujours là pour toi, bébé," murmura-t-il dans mes cheveux.

J'ai inhalé, son parfum épicé et masculin à la fois réconfortant et excitant. "Je t'aime, Nick Milton."

"Et je t'aime, Sydney Porter." Il jeta un coup d'œil à l'horloge juste au moment où les aiguilles sonnaient jusqu'à minuit. "Joyeux Noël, Syd. Bonne nouvelle : votre accord avec moi en tant que fausse petite amie est terminé. Cela s'est terminé à minuit.

J'ai souris. «Je ne pense pas que j'accepterai un jour d'être à nouveau une fausse petite amie. Je n'étais pas très bon dans ce domaine.

Nick rit. «Je pensais que tu étais génial. Juste comme la vraie chose."

Il effleura les miennes avec ses lèvres et je sus que j'étais enfin là où je devais être. Rien entre Nick et moi n'avait jamais été faux, peu importe ce que nous nous disions. Il avait peut-être tort sur d'autres points, mais il avait raison à cent pour cent sur nous.

C'était le destin : nous étions destinés à être ensemble pour toujours.

"Joyeux Noël, Nick."

"Joyeux Noël, Syd."

Nous nous sommes endormis dans les bras l'un de l'autre, exactement là où nous étions censés être.

LA FIN

Don't miss out!

Visit the website below and you can sign up to receive emails whenever Kyana Samedy publishes a new book. There's no charge and no obligation.

https://books2read.com/r/B-A-QQELB-GKFID

Connecting independent readers to independent writers.

Did you love *Juste sous le gui*? Then you should read *Mauvais intentions*[1] by Kyana Samedy!

[2]

Nikki, mère célibataire, se concentre sur l'éducation de ses jumeaux et sur sa grand-mère. Mais quand ses amis la mettent au défi d'offrir à boire à un mec sexy, les étincelles volent... jusqu'à ce qu'elle découvre qu'il est son nouveau patron !Désireux d'obtenir l'approbation de son père et de réduire les coûts de l'entreprise, Cole est déterminé à déplacer la résidence pour retraités qu'ils ont acquise hors de son emplacement actuel. Mais après avoir découvert que la brune sexy qu'il a embrassée au bar rallie les résidents pour résister au transfert, il ne sait pas s'il doit la licencier ou lui faire payer son erreur d'une manière beaucoup plus torride...Et juste au moment où Cole embrasse son désir brûlant pour la mère célibataire excentrique, la rencontre de ses fils déclenche

---

1. https://books2read.com/u/3RD1dj

2. https://books2read.com/u/3RD1dj

son souvenir d'enfance le plus traumatisant et menace la promesse d'un avenir heureux avec Nikki.

Also by Kyana Samedy

Mauvais intentions
Juste sous le gui
Ténébres capturées